AF417231

Gefährtin des Orks

Monstergefährtenjagd Serie, Buch 1

Ava Ross

Enchanted Star Press

Gefährtin des Orks

Monstergefährtenjagd Serie, Buch 1

Copyright © 2024 Ava Ross

Alle Rechte vorbehalten.

Kein Teil dieses Buches darf in irgendeiner Form oder mit irgendwelchen elektronischen oder mechanischen Mitteln, einschließlich Informationsspeicher- und Abrufsystemen ohne schriftliche Genehmigung der Autorin vervielfältigt werden mit Ausnahme der Verwendung von kurzen Zitaten mit vorheriger Genehmigung. Namen, Personen, Ereignisse und Begebenheiten beruhen auf der Fantasie der Autorin. Jede Ähnlichkeit mit einer lebenden oder toten Person ist rein zufällig.

Titelbild von Moonshot Covers

Bearbeitung durch Owl Eyes Proofs & Edits

Übersetzer: Karina Michel

Für meine Eltern,
die immer daran geglaubt haben, dass ich es schaffen
kann.

Serien auf Deutsch von AVA

Galaxie-Spiele

Bestialischer Alien-Boss

Die Schicksalsgefährten der Ferlaern-Krieger

Feiertagsdate mit einem Alien
(Frost, Sleye)
(Science-Fiction Weihnachtsgeschichten)

Monsterville

Monstergefährtenjagd

Gefährtin des Orks

In der Nacht der Monstergefährtenjagd bin ich gezwungen, durch den Wald zu laufen, wo ein brutaler Ork mich zur Braut nehmen will.

Als ich fälschlicherweise des Mordes beschuldigt werde, stehle ich den Platz einer der Frauen, die für die Monstergefährtenjagd ausgewählt wurden. Jedes Jahr müssen sich zwei von uns den Orks opfern, als Austausch für ihren Schutz vor Kreaturen, die noch furchteinflößender sind als die Aussicht, ein solch schreckliches Monster zu heiraten.

Die Orks jagen mich. Ihr Heulen hallt um mich herum, während ich durch den Wald fliehe. Ich werde von Odik, dem wilden Anführer des Zephyr-Clans, gefangen genommen.

Er nimmt mich mit auf seine Insel weit draußen im Meer, und sagt mir, dass er mich erst dann beanspruchen wird, wenn ich mich in ihn verliebt habe. Wie kann ich so etwas tun, wenn die Liebe doch immer nur dazu führt, dass mich jemand verlässt? Aber dieser starke, monströse Ork hat etwas sehr Anziehendes an sich, dem ich nicht widerstehen kann. Bald verliebe ich mich nicht nur in Odik, sondern genieße es auch, mein Leben mit ihm zu teilen.

Als ein Sturm aufzieht, müssen wir zusammenarbeiten, um zu überleben - oder ich werde nicht lange genug durchhalten, um meinem neuen Ork-Gefährten mein Herz zu schenken.

Gefährtin des Orks spielt in der Monstergefährtenjagd Serie und ist fünf Jahre Verlangen des Orks angesiedelt. Freut euch auf schicksalhafte Paarungen, neu gefundene Familien, einen ausgeprägten Größenunterschied und einen Helden, der jeden töten wird, der seine Braut anfasst. Jedes Buch ist eigenständig, aber die Serie sollte am besten in der richtigen Reihenfolge gelesen werden.

Reihenfolge:
Gefährtin des Orks
Verlangen des Orks
Schicksal des Orks
Geliebte des Orks

Gefangene des Orks
Zähmung des Orks

Kapitel 1

Eleri

Am Abend der Monstergefährtenjagd lief ich so schnell es mein kaputtes Bein zuließ durch die schwach beleuchteten Straßen unseres Dorfes, während ein Sack mit meinen mageren Einkäufen gegen meinen Oberschenkel schlug.

Heute Abend würden zwei unglückliche Frauen gezwungen sein, den Schutz unserer Festungsmauern zu verlassen. Sie würden durch den Wald rennen, in der Hoffnung, sich zu verstecken, aber es wäre vergeblich. Riesige, brutale Orks würden sie jagen, fest entschlossen, sie zur Braut zu nehmen.

Niemand wusste mit Sicherheit, was geschah, nachdem sie von einem Ork gefangen wurden, aber die geflüsterten, schrecklichen Geschichten reichten aus, um die Frauen auf die Knie zu zwingen und das Schicksal anzuflehen, nicht auserwählt zu werden.

Die Erschöpfung drohte mich auf die kopfsteingepflasterte Straße zu zwingen, aber ich hatte schon lange gelernt, meine Schmerzen nicht zu zeigen. Schwäche wurde hier entweder ausgenutzt oder verhöhnt.

Mein Bein war nicht der einzige Teil von mir, der schmerzte, obwohl es eine ständige Pein war, die ich so gut es ging ignorierte. Meine Augen brannten, weil ich mich auf die winzigen Stiche konzentriert hatte, und meine Fingerspitzen waren aufgerissen, weil ich die Nähnadel so fest in der Hand gehalten hatte, dass sie meine Haut zerfetzt hatte.

Im Wald hinter den hohen Steinmauern kreischte ein Shayde. Ich erstarrte wie damals, als meine Eltern mich im nahe gelegenen Wald ausgesetzt hatten, als ich drei Jahre alt gewesen war. Sie hatten es getan, nachdem klar gewesen war, dass mein Bein nicht mehr so funktionierte, wie es sollte. Seit diesem Tag waren zweiundzwanzig Jahre vergangen, und ich konnte mich nicht mehr daran erinnern, wie ich verletzt worden war. Und da meine Eltern in einem weit entfernten Dorf lebten, konnte ich sie auch nicht danach fragen.

Wenn Zur in dieser Nacht nicht auf der Jagd gewesen und mein angsterfülltes Wimmern gehört hätte, hätten mich die Shaydes verschlungen, wie so viele der Dorfbewohner, die sich nach Einbruch der Dunkelheit hinter die steinernen Festungsmauern verirrt hatten.

„Beeil dich, Eleri!", rief Birgid aus der offenen Tür eines der Holzhäuser, die die Straße auf beiden Seiten säumten, und ich zwang mich, weiterzulaufen. „Wenn du in deinem

Tempo weitergehst, brauchst du die ganze Nacht, um nach Hause zu kommen." Das grausame Lachen ihrer Freundinnen unterstrich ihre Worte. Bis sie beschlossen hatten, dass es Spaß machen würde, mich zu verspotten, hatten sie wahrscheinlich über die Jagd getratscht. Sie sollten sich lieber Gedanken darüber machen, welche jungen Frauen auserwählt werden würden - vielleicht sogar eine von ihnen -, als sich mit mir zu beschäftigen.

Seit ich hier angekommen war, drei Jahre älter als sie, verfolgten sie mich und hatten den Bürgermeister angefleht, mich zurück in den Wald zu schicken, wo die Shaydes mich erledigen würden.

„Was bist du nur für ein nutzloses Ding", sagte eine der anderen Frauen. „Schau. Sie kann sich kaum bewegen."

Birgid brüllte vor Lachen. Ihr Blick schweifte die Gasse hinunter, wo mein Freund Zur in unserem winzigen Haus wartete. „Wir sollten sie heute Nacht vor die Tore zwingen, um die Orks zu besänftigen, anstatt ihnen eine von uns zu geben."

Ich bin eine von euch, dachte ich wütend, biss mir aber auf die Zunge, um zu schweigen.

Ein riesiger Wald, der sich über viele Klicks erstreckte, umgab mein Dorf, und noch nie hatte jemand die gesamte Strecke überbrückt. Über tausend menschliche Dorfbewohner versteckten sich hinter jedem Ring der hohen Festungsmauern und verließen sich auf die wilden, riesigen Orks, die uns Schutz vor den Shaydes gewährten, Kreaturen, die noch gefährlicher waren als sie selbst.

Die Orks taten das nicht aus reiner Herzensgüte.

Im Gegenzug verlangten sie *Bräute*.

Während ich die bösen Frauen hinter mir ließ, drang ihr Gackern durch die feuchte Luft. Ich huschte an der Gasse vorbei, in der sich mein Haus befand, und ging drei Straßen weiter zur Metzgerei, in der Hoffnung, ein Schnäppchen für ein kleines Stück Fleisch auszuhandeln. Aus dem Gemüse in meiner Tasche wollte ich einen deftigen Eintopf kochen. Zur würde es schmecken, und sein warmes Lächeln würde alles wiedergutmachen, so wie jeden Tag, seit er mich als seine Tochter adoptiert hatte.

Nachdem ich etwas eingekauft hatte, leider nur ein mickriges Stück fettes Fleisch, kehrte ich in die Gasse zurück und eilte zu dem klapprigen Haus, das ich mit Zur teilte.

Noch mehr Gelächter ertönte von Birgids Freundinnen. Ich war mir nicht sicher, wo Birgid war, aber ich würde die Umgebung im Auge behalten, falls sie sich hinter mir anschleichen wollte.

Armseliges Ding, sagte eine von ihnen.

Zu nichts zu gebrauchen, außer zum Nähen, fügte eine andere hinzu.

Werfen wir sie vors Tor.

Ich tat alles in meiner Macht Stehende, um meine Wirbelsäule gerade und mein Kinn hochzuhalten. Ich konnte zwar nicht gut laufen, aber niemand würde bestreiten, dass ich die beste Näherin der Stadt war. Sogar meine Chefin würde das sagen, obwohl sie mir nie genug Geld zahlte, damit ich für Zur und mich mehr als ein paar magere Mahlzeiten kaufen konnte. Er jagte und ich arbeitete jeden Tag in der Woche, aber es reichte geradeso, um die Miete für die kleine Hütte zu bezahlen, in der er mich so liebevoll aufgezogen hatte.

Er war der einzige Mensch, dem ich jemals vertrauen würde.

Die Sonne näherte sich dem Horizont und warf lange Schatten, die zwischen den Pflastersteinen Geheimnisse flüsterten. Der heutige Tag in der Schneiderei war besonders anstrengend gewesen, weil ich unermüdlich an zarten Stickereien gearbeitet hatte, die für diejenigen, die das Kleidungsstück trugen, selbstverständlich sein würden. Ich bezweifelte, dass sie sich auch nur einen Moment Zeit nahmen, um die flinken Finger zu würdigen, die jeden Stich ausgeführt hatten.

Wenigstens hatte ich Münzen, um unser Essen zu bezahlen. Daran musste ich denken und nicht daran, wie sehr mir der Rücken wehtat.

Als ich mich dem einfachen Haus näherte, in dem Zur und ich wohnten, beschleunigte ich mein Tempo auf ein mäßiges Humpeln. Er war mehr als nur ein Freund, er war mein Vater und mein Trost inmitten der verächtlichen Blicke und des Geflüsters, die mich auf Schritt und Tritt plagten. Seine Wärme und Weisheit boten einen Zufluchtsort in diesen Mauern und schützten mich vor der grausamen Welt da draußen. Ich konnte es kaum erwarten, sein fröhliches Lächeln zu sehen und ihm die Neuigkeiten unseres Tages mitzuteilen.

Hinter mir, am Anfang der Gasse, ertönten schabende Geräusche. Eine Gänsehaut überzog meine Haut und ich drehte mich um, aber ich sah dort niemanden. Und was noch besser war: Kein Stein segelte in meine Richtung, bereit, mich zu treffen und einen blauen Fleck zu hinterlassen.

Das Licht war jedoch verblasst. Dank der Wagen, die an der Seite geparkt waren, und dem Müll, der dazwischen lag, konnte sich fast jeder dort verstecken.

„Hallo?", rief ich.

Nur Stille empfing mich - und das Gefühl, beobachtet zu werden.

„Geh rein", zischte ich. „Ignorier einfach, was auch immer es sein mag."

Mit einem Kopfschütteln stieß ich unsere Haustür auf und trat ein.

„Ich habe den Metzger überredet, den Preis für ein gutes Stück Fleisch zu senken!", rief ich fröhlich, als ich die Tür hinter mir schloss. „Ich werde eine Suppe kochen, und das Gemüse, das ich auf dem Heimweg gekauft habe, wird unser wunderbares Abendessen abrunden." Es gab nichts, was ich mehr genoss, als Zur ein zufriedenstellendes Essen zu kochen. Mit seinen achtzig Jahren hatte er gutes Essen, viel Ruhe und viel Zeit für Gespräche mit seinen Freunden verdient. Stattdessen verbrachte er zu viel Zeit damit, im Wald zu jagen, um eine Frau zu versorgen, die man vielleicht zum Sterben hätte zurücklassen sollen.

Ich eilte durch das dunkle Innere in die winzige Küche, um unser Essen zuzubereiten, und stolperte aber über etwas Großes und Festes, das auf dem Boden lag. Ich fiel auf die Knie und keuchte, als der Schmerz durch meine Glieder schoss.

Der Sack mit unserer Mahlzeit war durch den Aufprall aufgeplatzt und hatte das Fleisch freigelegt. Blut sickerte um ihn herum.

Ich blinzelte langsam und versuchte zu begreifen, was ich da sah.

Der Kreis war zu groß, um von unserem Fleisch zu stammen.

Schluckend krabbelte ich von der schrecklichen Lache weg und fiel auf die Seite, weil mein rechtes Bein mein Gewicht nicht mehr tragen konnte.

Ich schluckte schwer, während mein Puls in meinen Ohren pochte. Nur mit Mühe konnte ich mich zu dem großen Gegenstand umdrehen, über den ich gestolpert war.

Durch das Fenster aus Wachspapier drang nur schwaches Licht, aber es reichte aus.

Mein Schrei hallte in dem stillen Raum wider.

Zur lag leblos auf dem Boden. Seine großen, erstarrten Augen waren bereits glasig. Blut sickerte aus der Stelle, an der jemand seine Kehle so weit aufgeschlitzt hatte, dass seine Luftröhre frei lag. Ein abscheuliches Messer lag neben ihm auf dem Boden und glitzerte

im flackernden Licht der Flüster-Laterne, die er ange-
zündet haben musste, um mir den Weg nach Hause zu
weisen.

Die Flüster-Laterne musste angeblasen werden, sonst
würde sie bald erlöschen. Das war natürlich ein völlig
unsinniger Gedanke, weil gerade meine ganze Welt
zusammenbrach.

Mein gutturaler Schrei des Entsetzens ertönte laut
im Raum.

„Zur. Bitte, nein." Tränen stachen mir in die Augen,
und ich schrie erneut, mit heiserer und kehliger Stimme.

Durch das trübe Fenster fiel mir eine blitzartige
Bewegung auf. Wer auch immer es war, schlüpfte in die
zunehmende Dunkelheit am Rande der Gasse.

Ein Gackern, das ich überall erkennen würde, hallte
in der Stille wider.

Birgid.

Sie hasste mich seit unserer gemeinsamen Schulzeit,
und das aus so dummen Gründen.

Die Lehrerin hatte *mich* aufgerufen statt sie.

Ich hatte eine Münze auf der Kopfsteinpflasterstraße
gefunden, die *sie* gerade entlanggegangen war.

Ein süßer Junge hatte *mir* zugezwinkert, obwohl sie
ihn hatte für sich gewinnen wollen. Sie hatte es geschafft,
ihn geheiratet, mit ihm geschlafen, aber das war nicht
genug. Sie wollte, dass ich beseitigt wurde. Völlig besiegt.
Aus dem Dorf geworfen.

Ich wusste, wohin das hier führen würde. Panik stieg
in meiner Kehle auf, zusammen mit stinkender Galle. Ich

ergriff das kalte Metallmesser, stand auf und eilte zum Fenster. Ich bemühte mich, einen Blick auf ihre Rückkehr zu erhaschen, aber die Gasse war leer.

Ich schluchzte, als ich zu Zur zurückeilte.

„Zur, bitte wach auf." Ich sank neben ihm auf die Knie und konnte nicht mehr atmen. Aber er war schon zu lange weg, um mich zu hören. Meine kläglichen Schreie erfüllten den Raum, während ich seinen Verlust betrauerte.

Dieser Mann hatte mich geliebt, als es kein anderer getan hatte. Wie sollte ich ohne ihn weitermachen?

Die Tür öffnete sich hinter mir, und jemand stürmte herein. „Was ist denn hier los? Zur? Hat diese Frau ..."

Eine von Birgids Freundinnen stöhnte und fing an zu kotzen. Es spritzte überallhin. Andere Dorfbewohner drängten sich in unser aufgeräumtes Haus, versammelten sich um Zur und mich, ähnlich wie das Blut, das weiterhin in die Dielen sickerte, die ich gestern Abend geputzt hatte.

Birgid schlich sich als Letzte herein, ihr Gesicht in reine Unschuld gehüllt.

„Sie hat ihn umgebracht!", brüllte sie, und die Anschuldigung wurde von den anderen aufgegriffen.

Mörderin.

Untier.

Sie muss bestraft werden für das, was sie dieser armen, armen Seele angetan hat, die ihr nur Freundlichkeit entgegengebracht hat.

Angst schnürte mir die Kehle zu und verwehrte mir

die Luft, auch nur ein Wort zu meiner Verteidigung zu sagen. Ich bezweifelte allerdings, dass sie mir zuhören würden, selbst wenn ich den Willen zum Sprechen aufbringen könnte. Sie hatten mich bereits verurteilt, und bald würden sie dafür sorgen, dass ich den endgültigen Preis bezahlte.

Während Birgid ein subtiles Lächeln auflegte, stürmten die anderen auf mich zu, das Gesicht vor Wut verzerrt, die Hände zu Krallen erhoben. Die Mauern, auf deren Schutz ich vertraut hatte, bröckelten und legten die Dunkelheit frei, die in denen lauerte, die Zur und ich unsere Freunde und Nachbarn genannt hatten.

Ich erhob mich auf meine wackeligen Füße. Das Messer glitt mir aus dem Griff und fiel klappernd auf die Holzdielen.

Ich drehte mich, humpelte aus der Tür und lief so schnell ich konnte die Straße hinunter.

Das offene Tor lag nicht weit vor mir. Darin standen zwei Frauen, deren Familien sich an sie klammerten und darum flehten, dass jemand eingreifen möge.

Sie waren für die Monstergefährtenjagd ausgewählt worden.

Während die Dorfbewohner hinter mir schrien, dass sie mich packen sollten, fand ich irgendwie die Kraft, sie zu überrumpeln.

Ich stürzte auf die jungen Frauen zu und schnappte einer von ihnen im Vorbeigehen eine Tasche weg. Mit brennenden Lungen eilte ich zum offenen Festungstor.

„Ich werde den Platz einer von euch einnehmen!“,

rief ich, während ich durch die Öffnung schlüpfte und über das große Feld zwischen den Festungsmauern und dem bedrohlichen Wald eilte.

Die Stimmen wurden hinter mir immer lauter, aber zum ersten Mal konnten sie mir nichts anhaben. Vielleicht wollten sie mich wirklich fangen und bestrafen, aber niemand würde es wagen, das Dorf zu verlassen, jetzt, da die Sonne untergegangen war.

„Lauf, Mörderin!", rief Birgid von der Spitze der Mauer aus. „Lauf schnell und weit weg und komm nie wieder, sonst wirst du dafür bezahlen."

Ich funkelte sie an, aber es fühlte sich schwach und nutzlos an - wie ich.

Mit pochendem Puls in den Ohren schlüpfte ich zwischen den Bäumen hindurch.

Wenn die Shaydes mich nicht erwischten, würde ich bald als Orkbraut enden.

Kapitel 2

Odik

Ich hockte hoch oben in den Bäumen auf einem dicken Ast und wartete darauf, dass sich das Tor der Festung öffnete und zwei glückliche Orks mit Gefährtinnen beschenkte. Um mich herum warteten auch andere Männchen aus meinem Zephyr-Clan und vier bis fünf Männchen aus jedem der anderen fünf Clans.

Ich umklammerte meinen Anhänger und äußerte einen Wunsch an das Schicksal. *Lass sie eine von ihnen sein.*

Die anderen sprachen mit leiser Stimme, aber sie mussten das Schicksal um das Gleiche gebeten haben.

„Seit fünf Jahren gehe ich auf die Jagd und hoffe, eine Gefährtin zu finden", flüsterte einer. „Fünf Jahre lang hat mir der Anhänger meines Clans nicht diejenige geschenkt, die ich bis zu meinem Todestag anbeten werde."

Drabass, ein Männchen aus meinem Clan, seufzte. „Das ist die Schuld der Shaydes. Hätten sie nicht die meisten unserer wertvollen Weibchen getötet, müssten wir nicht hierherkommen und die Menschen gewissermaßen anflehen, uns widerwillig Frauen zu geben." Ein Knurren schnürte ihm die Kehle zu. „Wir sollten jeden Shayde töten, bis keiner mehr lebt."

„Dann bekämen wir nie eine Gefährtin geschenkt", sagte ein anderer Clansmann und mein enger Freund, Trilden, neben mir.

„Ich habe eine Mutter verloren. Eine Schwester. Eine Frau", sagte jemand anderes traurig. „Alle Shaydes zu töten, wird sie nicht ersetzen."

„Nichts wird die ersetzen, die wir verloren haben", meinte ich. Es gab nicht einen Ork, der nicht gelitten hatte, als die Shaydes vor fünf Jahren zur gleichen Zeit unsere Clans angegriffen hatten.

„Wenn die Shaydes keine Bedrohung mehr sind, werden die Menschen nicht mehr um unseren Schutz betteln", meinte Trilden. „Sie werden unseren Vertrag aufkündigen. Sie werden nicht mehr jedes Jahr zwei Weibchen aussenden, die wir als Partnerinnen jagen können. Tatsächlich ..."

Als ich ein leises Geräusch hörte, hob ich meine Hand, und alle erstarrten.

Drei Shaydes schlichen über den Waldboden, kreuzten direkt unter uns, und ihre glühend roten Augen zuckten umher. Sie waren auf der Suche nach Beute, aber heute Nacht würden sie hungrig bleiben.

Obwohl sie fast so groß wie ein Ork waren, waren ihre krallenbewehrten Schritte auf dem mit Blättern übersäten Pfad fast lautlos.

Wir sahen zu ihnen hin, sprachen nicht und bewegten uns nicht einmal, als sie vorbeigingen und ihre dicken, geschuppten Schwänze hin und her bewegten, während sie sich tiefer in den Wald schlichen.

Als sie weg waren, entspannten wir uns ein wenig und warteten darauf, dass sich das Tor der Festung öffnete und zwei hübsche Weibchen herauskamen.

„Glaubst du, du wirst heute Nacht jagen?", flüsterte Trilden. „Du bist der Caedos, der Anführer des Zephyr-Clans. Sicherlich wird dir das Schicksal eine Braut schenken. Du brauchst einen Ork, der deinen Platz einnimmt, wenn du alt wirst."

„Ich hoffe es", erwiderte ich, und betete leise.

„*Ich* jage gern", sagte Drabass mit einem verschlagenen Grinsen und griff sich in den Schritt.

Ich knurrte, und seine Schultern sackten zusammen. Er ließ sich auf den Ast sinken und beobachtete das Tor.

Trilden schnaufte und sprach so leise, dass nur ich es hören konnte. „Wir müssen ihn im Auge behalten."

„Die ganze Zeit." Drabass' Vater hatte versucht, unseren Clan anzuführen, als mein Vater gestorben war. Wir hatten gekämpft, und ich hatte gewonnen. Er hatte den Ausgang des Kampfes akzeptiert und war seitdem ein guter Freund, aber Drabass hatte nie akzeptiert, dass er nicht in der Reihe der Anwärter auf die Rolle stehen würde.

In Wirklichkeit war es mehr eine Last als ein Geschenk, was er sehen könnte, wenn er nicht so auf seine Eifersucht fixiert wäre.

Trildens Blick fiel auf meinen Anhänger, der seinem eigenen sehr ähnlich war, eine kreisförmige Scheibe mit Wirbeln. Zephyr bedeutete Luft, und vor langer Zeit hatte mein Volk das Symbol und den Namen des Clans gewählt, weil es dazu passte, dass wir auf den Klippen einer kleinen Insel weit draußen im Meer lebten. Die Shaydes waren bisher noch nicht auf die Insel hinausgeschwommen, und wir hatten unsere Häuser hoch genug gebaut, sodass wir nur selten von Dresalods angegriffen wurden. Die Meereskreaturen griffen häufiger die Stadt an und manchmal sogar die Bewohner der Hügel dahinter.

Dank ihrer bösartigen Klauen und ihres Appetits auf unser Fleisch konnten sie fast jede Oberfläche erklimmen. Wir hatten unsere Fertigkeit mit Pfeil und Bogen längst perfektioniert und schossen sie von den Klippen, bevor sie uns erreichten. Deswegen hatten sie die Klippen seit fast einem Jahr nicht mehr überstiegen.

Trilden klopfte mir auf den Rücken. „Ich wünsche dir Glück, mein Freund." Er meinte es ernst.

„Das wünsche ich dir auch", erwiderte ich.

„Sie kommen!", rief ein anderer mit tiefer Stimme.

Wir drehten uns gemeinsam um und sahen zum Tor. Die Vorfreude schoss durch meine Adern. Würde ich dieses Mal auserwählt werden, oder musste ich in einem

Jahr wiederkommen und meine Hoffnungen erneut wecken?

Nur eine Frau eilte durch die Öffnung im Tor. Sie bewegte sich schnell über das Feld und in den Wald hinein.

„Sie hat einen unregelmäßigen Schritt", sagte Trilden, aber er spottete nicht. Wenn man so viele seiner eigenen Leute verlor, schätzte man die, die übrig blieben, unabhängig von ihren Fähigkeiten.

„Ein Hinken wird sie nicht davon abhalten, Orklinge auszutragen", meinte Drabass mit einem leisen, kaum hörbaren Lachen.

Mein scharfer Blick brachte ihn dazu, den Mund zu schließen, aber nichts würde dieses Männchen zum Schweigen bringen. Eines Tages, so fürchtete ich, würde diese schwärende Wunde zwischen uns aufbrechen und Eiter heraussickern. Dann würde ich mich dauerhaft darum kümmern müssen.

Wir hielten den Atem an, während die Frau unter uns vorbeiging, und jeder von uns suchte die anderen nach dem Zeichen ab, das uns verraten würde, wer auserwählt war, sie zu verfolgen.

In diesem Moment flackerte mein Zephyr-Anhänger auf. Die gewirbelten Spitzen leuchteten am hellsten.

Die anderen schnaubten und schüttelten den Kopf. Sie lösten ihre Aufmerksamkeit von dem ersten Weibchen und richteten ihre hungrigen Blicke auf das Tor, wo das zweite erscheinen würde.

Trilden schenkte mir ein Grinsen. „Geh und hol dir deine Gefährtin. Sie gehört nur dir."

Mit himmelhochjauchzendem Herzen sprang ich vom Ast und landete sanft auf dem Boden.

Dann lief ich dem Weibchen hinterher, begierig darauf, sie zu erobern.

Kapitel 3

Eleri

Angst durchströmte meine Adern, während ich durch den dichten Wald humpelte und versuchte, einen Weg zu finden, der nur durch das spärliche Mondlicht, das durch die Bäume über mir fiel, erhellt wurde. Mein rechtes Bein protestierte bei jedem Schritt. Ich hatte mich schon lange damit abgefunden, dass mein Bein nie so funktionieren würde, wie ich es wollte, aber meine Wut flammte auf, weil es mich selbst jetzt, wo ich es am meisten brauchte, im Stich ließ.

Mit jedem Blinzeln sah ich Zur wieder tot auf dem Boden liegen, und ich konnte mich nur mit Mühe zurückhalten, nicht zu schluchzen. Aber so etwas würde nur Aufmerksamkeit auf mich ziehen.

Wenn ich mich von meiner Traurigkeit überwältigen ließe, würde ich zusammenbrechen. Dann würden mich die Orks finden - oder etwas ebenso Schreckliches.

Zweige und Blätter knirschten unter meinen Füßen, und der Klang meines unregelmäßigen Herzschlags war ein ständiges Dröhnen in meinen Ohren. Ich verlangsamte meinen Schritt. Es war besser, sich vorsichtig zu bewegen, als der Welt zu verkünden, dass ich hier war.

„Glaubst du, die Orks haben nicht gesehen, wie du die Festung verlassen hast?", flüsterte ich mir zu, als ich über einen Ast stolperte, den ich nicht rechtzeitig gesehen hatte. Mit einem Ruck nach links fing ich mich auf, bevor ich auf die Knie fiel. Jeder meiner keuchenden Atemzüge fühlte sich angestrengt an, als wäre die Luft dick vor Angst und würde meine Brust beschweren.

Ein tiefes, grollendes Knurren hallte durch die Bäume und ließ mir das Blut in den Adern gefrieren. Ich hielt inne und schaute mich suchend nach der Quelle um, sah aber nichts als flackernde Schatten, die meine Verletzlichkeit verhöhnten. Ein Schauer lief mir über die Haut, aber ich ging weiter. Wenn ich ein Versteck finden würde, könnte ich dort bis zum Morgen bleiben. Die Shaydes würden in ihre Höhlen zurückkehren, und die Orks würden das Gebiet verlassen. Oder nicht?

Ich kannte die Antwort auf diese Frage nicht.

Zur Festung konnte ich nicht zurück. Mein Weg aus der Falle, in der ich mich befand, führte durch den Wald. Würde mich ein anderes Dorf aufnehmen, wenn ich ihnen erzählte, was vorgefallen war?

Wenn meine Freunde und Nachbarn mich für eine Mörderin hielten, würden Fremde das auch tun.

Ich erreichte eine kleine Lichtung mit neu gewachsenen Bäumen und schlängelte mich durch sie hindurch, um die andere Seite zu erreichen.

In den Büschen am Rande der Lichtung ertönte ein Rascheln, und ich erstarrte wie ein schreckhaftes Reh.

Ein Rudel hungriger Aschenkrallen tauchte aus dem dichten Wald auf und umzingelte mich, bevor ich einen Mucks von mir geben konnte.

Mein Herz schlug mir bis zum Hals, und ich wich mit dem Rücken gegen einen stabilen Baum zurück. Ich schaute schnell nach oben, um zu sehen, ob ich einen Ast erreichen und mich aus ihrer Reichweite herausziehen konnte, aber die Äste waren zu hoch.

Die Augen der Aschenkrallen leuchteten mit gnadenlosem Hunger und waren auf mich gerichtet wie ein Rudel unerbittlicher Dämonen, die nach frischer Beute dürsteten. Panik krallte sich in meine Brust und drängte mich zur Flucht, aber mein Bein verriet mich weiterhin. Ich hatte keine Chance, ihnen zu entkommen.

Ich entdeckte einen Stock, der auf dem Boden lag, hob ihn hoch und schwang ihn im Kreis, als könnte ich mich damit tatsächlich verteidigen.

Sie pirschten sich näher heran und kesselten mich ein. Ihre Köpfe reichten mir bis zur Brustmitte, und ihr dickes, aschgraues Fell, das ihnen ihren Namen gab, glitzerte im Mondlicht. Krallen, so lang wie mein kleiner Finger, gruben sich in den Boden, während sich ihre Muskeln anspannten, bereit, sich auf mich zu stürzen.

Als Raubtiere jagten sie in Rudeln, wobei ihre bösartigen Zähne die Beute lähmten. Wenn das Opfer fiel, rissen sie ihm die Kehle heraus.

Dann verzehrten sie es. Es spielte keine Rolle, ob die Beute noch lebte.

Ich versuchte zu schlucken, aber die Masse an Angst in meiner Kehle war eine zu große Barriere.

Die Rufe und Schreie der Orks, die eine Braut jagten, hallten durch die Bäume und vermischten sich mit dem leisen Knurren der Aschenkrallen. Das Schicksal selbst hatte sich gegen mich verschworen und zwang mich in eine Situation, aus der es keinen Ausweg gab. Tränen trübten meine Sicht, aber ich schniefte sie weg. Wenn ich zu Boden ging, dann nur nach einem Kampf.

Die Aschenkrallen zogen ihre Kreise und schnappten hungrig mit den Kiefern. Ich stieß mit dem Stock nach der nächstbesten Bestie, in dem vergeblichen Versuch, sie einzuschüchtern. Aber die anderen wurden nur noch frecher und kniffen ihre wilden Augen zusammen. Ihre schweren Pfoten brachten sie so nah heran, dass der üble Geruch ihres Atems meine Sinne vernebelte.

Ich wehrte mich gegen sie, solange ich konnte. Selbst als meine Eltern mich im Stich gelassen hatten, hatte ich nicht aufgegeben. Erst jetzt erinnerte ich mich daran, dass ich damals wie heute nach einem Stock gegriffen hatte, entschlossen, alles zu tun, um zu überleben.

Ein wütendes Knurren durchdrang die Dunkelheit zu meiner Rechten, und ein Ork makste aus dem Wald auf die offene Fläche.

Wie eine rachsüchtige Gottheit sprang er mit einem dicken Stab in der Hand an der Reihe der Aschenkrallen hoch und über sie hinweg.

Seine Augen fixierten mich mit einer Intensität, die sowohl Angst als auch Erleichterung durch meine Adern schießen ließ. Entweder würden mir die Aschenkrallen die Kehle herausreißen, oder dieser Ork würde mich für sich beanspruchen - das wusste ich tief in meinem Herzen.

Mit knirschenden Reißzähnen stürzte sich der Ork auf das bedrohliche Aschenkrallenrudel und schwang seine Waffe mit tödlicher Präzision. Das Krachen des Stabes gegen die knurrenden Kiefer hallte durch die Stille und zerriss den Griff des Schreckens, der mich gefangen hielt. In diesem gewalttätigen Tanz zwischen zwei Raubtieren war er mein unerwarteter Retter - ein grimmiger Krieger, der das beschützte, was er als seine zukünftige Braut ansah.

Mir stockte der Atem, als ich ihn springen und zuschlagen sah, wobei jeder kraftvolle Schlag eine Welle wilder, verzweifelter Energie freisetzte, die meine Instinkte entfachte. Sein langes schwarzes Haar, das überraschend grün schimmerte, schwang über seine Schultern, und seine dicken Muskeln wölbten sich unter seiner grün-goldenen Haut, während er mich unerbittlich verteidigte.

Dies war nicht die Sorte Ork, über die man im Dorf sprach - ein unbezähmbares Monster -, sondern ein

Wächter, der von etwas angetrieben wurde, das ich nicht definieren konnte. Ich war hin- und hergerissen zwischen der Flucht vor den Aschenkrallen und meinem unerwarteten Bedürfnis, den riesigen Mann zu beschützen, der sein Leben riskierte, um meines zu retten.

Seine glatte Haut glitzerte im Mondlicht. Er stieß einen Kampfschrei aus und stürzte sich auf eine Aschenkralle nach der anderen, wobei er eine atemberaubende Demonstration von Kraft und Beweglichkeit zeigte.

Als nur noch eine Aschenkralle übrig war, stakste der Ork auf sie zu.

„Fordere mich heraus, Bestie", knurrte er. „Und stelle dich meinem Zorn."

Die Kreatur sprang zur gleichen Zeit wie der Ork los, und sie krachten zusammen. Der Stab des Orks fiel auf den Waldboden, und er kämpfte nur mit einem ledernen Lendenschurz bekleidet mit der Aschenkralle. Die Klauen der Bestie bohrten sich in die Brust des Orks, aber er schrie nicht auf. Seine starken Arme wölbten sich, und die Falten in seinem Gesicht wurden tiefer, als er die Kehle der Aschenkralle umklammerte.

Die Zähne des Tieres hackten über das Gesicht des Orks, aber er ließ nicht los. Er hielt sich fest, während die Bestie auf seinen Kopf einschlug, und ließ die Kreatur erst auf den Boden sinken, als das Licht aus ihren Augen schwand und ihr Körper in sich zusammensackte.

Der Ork warf die Bestie beiseite und wirbelte herum, um sich mir zuzuwenden. Sein dickes, grünes Blut floss ungehindert aus den Wunden in seinem Gesicht, an seinem Hals und seiner Brust.

Er schritt auf mich zu, die Hand wie eine Bitte ausgestreckt, aber er stürzte zu Boden, bevor er mich erreichte.

Kapitel 4

Odik

Ich wachte mit einem dumpfen Schmerz in der rechten Schläfe auf und fand mich auf dem Boden wieder. Mein Kopf ruhte auf etwas Weichem. Der Vollmond schien auf uns herab und der Duft von Erde und nachtblühenden Blüten erfüllte die Luft. Als ich die Augen öffnete, blickte ich in das besorgte Gesicht der Frau. Ihre Finger strichen sanft über meine Stirn, um meine pochenden Kopfschmerzen zu lindern. Ein Blick nach unten verriet mir, dass sie meine Wunden versorgte und meine Brust mit Stoffstreifen vom Saum ihres Kleides umwickelte.

Sie war so winzig im Vergleich zu mir. Ich bezweifelte, dass ihr Kopf meine Brustmitte erreichen würde. Es musste eine Herausforderung gewesen sein, mich umzudrehen und meine Wunden zu verbinden.

„Geht es dir gut?", fragte sie in der Universalsprache.

Ein Hauch von Angst huschte durch ihre tiefbraunen Augen. Dachte sie, ich würde ihr etwas antun?

Möglicherweise. Sie behandelten uns mit einem von Verachtung geprägten Respekt, und ich hatte schon mal gehört, dass die Menschen unglaublich falsche Geschichten über uns und die Jagd erzählten.

Man musste jedoch bedenken, dass sie nicht geflohen war, nachdem ich die Aschenkrallen besiegt hatte. Ich bewunderte sie dafür, dass sie hiergeblieben war, um sich um mich zu kümmern. Und nach meinem Stab in ihrer Hand zu urteilen, war sie auch hiergeblieben, um mich zu *verteidigen*.

Es war demütigend zu denken, dass dieser kleine Mensch so etwas für mich tun würde.

„Es geht mir gut." Meine Stimme war rau von der Begegnung mit den Aschenkrallen und der Ehrfurcht, die ich für meine Clan-Gefährtin empfand. „Danke."

Sie strich sich eine Strähne ihres feuerroten Haares hinters Ohr, und ihre Augen flackerten vor Angst und Entschlossenheit.

„Nichts zu danken. Ich bin Eleri", flüsterte sie kaum hörbar.

„Odik."

Sie wiederholte meinen Namen, und der Klang dieses Namens auf ihren Lippen ließ meinen Körper zu neuem Leben erwachen. Ich konnte nicht anders, als mich zu ihr hingezogen zu fühlen. Ihre zierliche Gestalt, ihre üppigen Kurven und ihr Mut zogen mich in ihren Bann.

Mein Kopf pochte an der Stelle, an der mich die Aschenkralle getroffen hatte, aber ich konnte nicht länger in der Wärme ihres Schoßes liegen bleiben. Widerstrebend erhob ich mich und nahm meinen Stab aus ihrem festen Griff.

„Ich erhebe Anspruch auf dich im Namen des Zephyr-Clans", erklärte ich feierlich. „Du gehörst mir, und nichts wird uns je trennen."

Ein Schauer durchlief sie, aber sie lief immer noch nicht weg. Sie erhob sich und drückte sich mit dem Rücken gegen einen Baum.

Die menschlichen Frauen, die die Orks bei früheren Jagden erbeutet hatten, hatten erzählt, wir würden sie zu Boden schleifen und sofort mit ihnen schlafen. Dass wir sie auf die brutalste Art und Weise beanspruchen würden. Dass wir im Grunde Tiere seien.

Hatten die Dorfbewohner den Frauen schließlich doch gesagt, dass wir sie stattdessen wertschätzten und beschützten? Wir liebten sie, und die meisten fühlten schnell dasselbe und genossen bereitwillig unsere Umarmungen. Sie blieben an unserer Seite und waren glücklich.

Ich hielt ihr meine Hand hin. „Willst du mit mir in mein Haus kommen, das auf einer Insel weit draußen im Meer gebaut ist?" Ich teilte ihr nicht mit, dass sie als Gefährtin des Klan-Caedos geehrt und respektiert werden würde. Es war besser, wenn sie es mit eigenen Augen sah. Dann würde sie es glauben.

Sie schluckte schwer und drückte ihre Hand gegen

ihre Seite. „Ich weiß nicht ..." Ihr Blick schweifte in die Richtung, aus der sie gekommen war, und die Angst in ihren Augen wuchs.

Ich drehte mich um, fand dort aber nichts.

„Wir müssen diesen Ort verlassen, bevor die Shaydes von den Kadavern angezogen werden", sagte ich. „Sie jagen nachts, und der Geruch von Blut liegt in der Luft."

„Wohin bringst du mich?" Ihre Stimme zitterte, und der Klang durchzuckte mich. Es war normal, dass sich Schicksalsgefährten wie wir schnell ineinander verliebten. Ich fühlte mich schon jetzt zu ihr hingezogen wie zu keiner anderen.

„In das Gebiet des Zephyr-Clans. Ich verspreche dir", ich presste meine Faust gegen meine Brust, „dass ich dir nichts tun und dich nur mit Respekt behandeln werde. Außerdem werde ich nichts weiter unternehmen, bis du mich besser kennst." Mein Herz schlug schneller als es sollte, weil ich mich bereits nach ihr *sehnte*.

Sie legte ihre Hand in meine, und meine Seele erhob sich. Ich hatte das Gefühl, als würde sich der Boden unter uns verschieben, als würden sich die Sterne am Himmel spalten und Licht auf uns herabregnen.

Als ob mein Schicksal in Eleris kleiner Hand läge.

Kapitel 5

Eleri

Warum lief ich nicht schreiend vor Angst vor ihm weg?

Offen gesagt hatte ich darüber nachgedacht, abzuhauen, als er vor mir zu Boden gegangen war. Aber er hatte mich vor dem sicheren Tod bewahrt. Wie hätte ich ihn verlassen können, wenn er völlig verwundbar war?

Stattdessen hatte ich den unteren Teil meines Rocks zerrissen und seine Wunden verbunden, wobei ich den langen, gezackten Fleck in seinem Gesicht, der eine Narbe hinterlassen würde, und die Furchen auf seiner Brust abgewischt hatte. Anstatt ihn noch wilder erscheinen zu lassen, hatte ihm das Mal in seinem Gesicht ein wildes, heldenhaftes Aussehen verliehen.

Aus welchem Grund auch immer, das Schicksal hatte entschieden, dass er mein Held war.

Vorausgesetzt, ich konnte ihm vertrauen. Ich würde

mich vorerst mit der Situation begnügen und später entscheiden. Es war nicht so, dass ich mitten im Wald eine Wahl hatte. Ich konnte mich nicht verteidigen, aber er hatte bereits bewiesen, dass er kämpfen würde, um mich zu beschützen.

Als ich ihn auf meinen Schoß hob und seinen Stab umklammerte, bereit, ihn zu verteidigen, wenn ich könnte, wäre mir fast ein Lachen aus der Kehle gesprungen. Ich verkniff es mir, weil ich befürchtete, dass ich nie wieder aufhören würde zu gackern, wenn ich es herausließ. Ich hatte meinen Vater tot aufgefunden, war beschuldigt worden, ihn ermordet zu haben, und saß nun auf dem Waldboden mit dem Kopf eines riesigen Orks in meinem Schoß, als wären wir bei einem Picknick und er wäre eingeschlafen.

Sein gleichmäßiger Atem beruhigte mich, und ich konzentrierte mich eher auf ihn als auf die Leichen, die um uns herum lagen, aber ich war wirklich dankbar, als er aufwachte und seinen Stab nahm. Ich war keine Kriegerin. Wenn überhaupt, dann war ich die schwächste Person im Dorf.

Deswegen wusste ich, dass kein Mann mich je wollen würde.

Als er verkündete, dass ich ihm gehören sollte, erblühte etwas tief in mir. Dieser Teil von mir hatte keine Angst. Wenn überhaupt, dann fand ich die Vorstellung, zu jemandem zu gehören, der mich wirklich wollte, aufregend.

Er wünscht sich eine Gefährtin, erinnerte ich mich. *Nicht unbedingt mich.*

Aber als er schwor, mich nicht zu berühren, bis ich bereit war, wollte ich mich in seine Arme stürzen. Mich an ihn klammern.

Ich musste den Verstand verloren haben. Dies war ein brutaler Ork, die Bestie aus den Albträumen meiner Kindheit. Er war kein Retter, und er würde ungeduldig werden, wenn ich nicht nachgab. Er würde bald Anspruch auf mich erheben, ob ich ihm nun sagte, dass ich es wollte oder nicht.

Aber ich hätte geschworen, dass ich Güte in seinen herrlichen goldenen Augen sehen konnte.

Er führte mich durch den Wald und schlug einen Weg ein, den ich erst sah, als er ihn betrat. Er schaute sich immer wieder aufmerksam um, aber ich hörte weder Shaydes noch weitere Aschenkrallen - noch nicht.

Wir gingen länger, als mir lieb war, und sein scharfer Blick nahm alles um uns herum auf, auch die Art und Weise, wie ich mein Bein nach vorn reißen musste, um mit seinem schnellen Tempo Schritt zu halten.

„Bist du verletzt?", fragte er leise.

„Nein, das bin nur ... ich."

„Ich verstehe." Seine Worte kamen abgehackt, als wäre er wütend. Ich hoffte, nicht auf mich, obwohl er es wahrscheinlich war. Jeder wurde immer schnell ungeduldig mit mir. Außer Zur. Er war der Einzige, der sein Tempo verlangsamt hatte, damit ich mithalten konnte.

Und jetzt war er tot.

Es war meine Schuld. Sie hatte ihn umgebracht, um sich an mir zu rächen.

„Ich wurde verletzt, als ich klein war", erklärte ich. „Ich weiß nicht mehr, wie es passiert ist, weil ich damals erst drei war. Aber es war furchtbar. Die Erinnerung an den Schmerz weckt mich nachts manchmal immer noch." Die Worte purzelten aus mir heraus, ein zerknirschter Wortsalat, weil ich es unbedingt hinter mich bringen wollte. „Ich habe eine Narbe auf meinem Oberschenkel. Sie ist groß und blass und gekräuselt. Wer auch immer mein Fleisch zusammengenäht hat, wusste offensichtlich nicht, wie man näht. Ich weiß das. Ich habe selbst viele feine Nähte genäht." Ein Seufzer entrang sich mir. „Wie auch immer. Ich kann nicht mehr richtig laufen, seit es passiert ist."

„Du gehst, wie du gehst, *Eleri*", sagte er ruppig. „Das ist gut genug für mich."

Zumindest im Moment.

Und für die Zukunft? Ich wusste, wie sich das entwickeln würde.

Mein Herz krampfte sich zusammen. War es klug von mir, auch nur einen Funken des Guten in diesem Ork zu sehen? Wann immer ich in der Vergangenheit jemandem vertraut hatte, war ich am Ende verspottet oder verhöhnt worden.

Odik hatte mich als seine Gefährtin beansprucht, und es würde nicht mehr lange dauern, bis er seinen Schwanz in mich steckte. Würde es ihm etwas ausmachen, dass ich noch nie mit einem Mann zusammen gewesen war, oder würde er meine Jungfräulichkeit zerreißen, weil er seinen wilden Samen tief in mich einpflanzen wollte?

Er blickte auf unsere verschränkten Hände hinunter, bevor seine scharfen Augen auf meinem Gesicht landeten. Mein Schrecken musste sich darin spiegeln. Es war so tief in mir verwurzelt, dass mein Körper zitterte.

„Es tut mir leid, dass ich uns aufhalte", sagte ich mit klappernden Zähnen. „Wir gehen ... irgendwohin, und ich nehme an, mein Tempo hält uns davon ab, rechtzeitig anzukommen."

„Keine Angst, Kleines." Er hob mich hoch, und ging mit schnellen Schritten viele Klicks. Würde er mich die ganze Nacht tragen? Es schien so. Seine Schritte waren gleichmäßig und seine Lungen unermüdlich.

Seine Wärme umhüllte mich. Es war bestimmt falsch von mir, mich an seine Brust zu kuscheln und einzuschlafen.

Aber ich hatte zwölf Stunden lang hart gearbeitet, um feine Nähte zu nähen.

Ich war im Morgengrauen aufgestanden, um Zur das Frühstück zu machen.

Zur! weinte mein Herz. Ich stellte mir immer wieder vor, wie er tot in seinem eigenen Blut gelegen hatte. Das höhnische Gesicht von Birgid. Wie man mich beschuldigte, ihn ermordet zu haben, obwohl Birgid die Klinge geführt hatte.

Ich schlief ein, und Albträume übernahmen die

Kontrolle. Nur das leise Murmeln von jemandem beruhigte mich.

Ich erwachte, als Odik aufsprang und mich auf seinen Schoß setzte, wobei seine Arme schützend um mich gelegt blieben.

Als ich auf den Gegenstand hinunterblickte, auf dem ich nun ritt, weiteten sich meine Augen.

Das riesige, grün geschuppte Tier, auf dem wir saßen, erhob sich in den Himmel und streckte seine langen Flügel aus, um sich mit dem Wind zu verbinden.

Kapitel 6

Odik

„Ich fliege!", rief Eleri. „Ich fliege!" Sie hob ihre Arme und lehnte ihren Kopf gegen meine Brust. „Ich kann es nicht glauben. Ich bin nicht mehr gelaufen, seit ich drei Jahre alt war, aber jetzt fliege ich!"

„Du hast keine Angst?", rief ich über den Wind hinweg, der um uns herum pfiff.

„Sollte ich das?" Sie schaute über ihre Schulter zu mir, und ich schwor, dass ich Schalk in ihren Augen las. „Du bist auf dieses Ding gesprungen und ..."

„Vox."

„Wie bitte?"

„Wir reiten auf einem Vox."

„Und es ist ein wirklich schöner Vox. Grüne Schuppen. Wer hätte das gedacht?"

„Sein Name ist Zarran." Ich war mir nicht sicher, was ich von meiner Gefährtin halten sollte. Anfangs war sie freiwillig mitgekommen, was, wie ich gehört hatte, nicht üblich war. Die anderen menschlichen Weibchen wehrten sich oft zunächst gegen ihre Gefährten. Es brauchte Zeit und Geduld, um ihnen zu zeigen, dass sie keine Angst zu haben brauchten.

Dann hatte sie ein wenig von ihrer Vergangenheit erzählt, und die Angst hatte sie überwältigt. Sie war vertrauensvoll in meinen Armen eingeschlafen, aber ihre spitzen Schreie hatten mir verraten, dass sie Albträume hatte.

Was für ein Leben hatte sie geführt?

Jetzt tat meine Gefährtin so, als erlebe sie ein Abenteuer.

„Darf ich deinen Vox später streicheln?", fragte sie.

„Hast du keine Angst, dass er dir den Kopf abbeißt?"

Ein Lachen schwang in ihrer Stimme mit. „Wird er das?"

„Natürlich nicht."

„Warum fragst du dann, ob ich Angst habe, dass er mir wehtut? Offensichtlich nicht, sonst würden wir ihn nicht reiten. Du kennst ihn gut genug, um ihm einen Namen zu geben."

„Ja, das tue ich. Ich habe mich von dem Moment an mit ihm verbunden, als er dem Samen entschlüpfte. Ich habe hart mit ihm gearbeitet und ihm Kommandos beigebracht. Er ist ein loyaler, freundlicher Vox."

Sie lehnte sich an mich zurück. „Siehst du? Ich wusste, dass ich nichts zu befürchten habe."

„Fliegst du gern?"

„Nun, ich habe es noch nie getan. Aber ich benötige immer doppelt so lange wie alle anderen, um von einem Ort zum anderen zu kommen. Mein Bein hat mich fast mein ganzes Leben lang aufgehalten. Ich liebe es, dass ich auf einem großen geflügelten Wesen namens Zarran durch den Himmel reise und schnell irgendwo ankomme. Das ist sehr befreiend." Sie holte tief Luft und atmete aus.

„Das empfinde ich auch so." Auf meiner Stirn bildete sich ein Stirnrunzeln. „Warum hast du keine Angst vor mir?"

„Ich bin mir sicher, dass ich das sollte."

„Eigentlich nicht. Ich habe dir gesagt, dass ich dich erst dann zu meiner Gefährtin machen werde, wenn du bereit bist."

„Und deshalb habe ich auch keine Angst. Im Dorf erzählt jeder Horrorgeschichten über Orks, dass sie wilde Bestien seien ..."

„Das sind wir."

„Das konnte ich sehen, als du gegen die Aschenkrallen gekämpft hast. Dir im Kampf gegen sie zuzusehen, war sowohl furchteinflößend als auch erstaunlich."

„Warum erstaunlich?"

„Jeder andere wäre in die andere Richtung gelaufen."

„Du bist meine Gefährtin. Meine Auserwählte. Mein Clan-Anhänger hat dich für mich ausgewählt. Ich wäre ein schlechter Gefährte, wenn ich weglaufen und nicht bleiben würde, um dich zu verteidigen."

„Was meinst du damit, dein Clan-Anhänger hat mich

für dich ausgewählt?" Sie hob die Arme, warf den Kopf zurück, schloss die Augen und grinste.

So hatte ich mich auch gefühlt, als ich das erste Jahr auf Zarran geritten war - sobald ich gelernt hatte, mich festzuhalten und nicht herunterzufallen. Wann hatte ich die Freude am Fliegen verloren?

Vielleicht, als ich die Last übernommen hatte, meinen Clan anzuführen.

Die Sorge darüber würde mich noch früh genug verzehren. Momentan schob ich sie beiseite und konzentrierte mich auf meine Gefährtin.

„Unsere Anhänger wählen immer aus." Als ich merkte, dass das keine gute Erklärung war, fuhr ich fort und hoffte, sie nicht zu langweilen. „Es gibt sechs Ork-Clans, und jedes Mitglied trägt einen Anhänger mit einem anderen Symbol. Wenn wir unseren Schicksalsgefährten treffen, leuchten unsere Anhänger auf. Meiner tat es, als du die Festung verlassen hast."

„Ah, interessant. Magie?"

Ich zuckte mit den Schultern. „Keiner weiß, wie es funktioniert."

„Mir ist aufgefallen, dass dein Anhänger Wirbel hat."

„Sie stehen für die Luft. Ich bin der Caedos vom Zephyr-Clan."

„Caedos?"

„Anführer."

„Ah."

„Was bedeutet ah?" Weibchen waren komplizierte Wesen. Seit die Shaydes vor fünf Jahren die meisten von ihnen getötet hatten, hatte ich nur noch mit wenigen von ihnen zu tun.

„Es bedeutet nur, dass ich dir glaube. Du hast eine souveräne Ausstrahlung."

Meine Brust blähte sich vor Stolz auf. „Danke."

„Und du übernimmst ziemlich schnell das Kommando."

Sie hatte mich noch nicht einmal bei meinen Leuten gesehen, aber das hatte sie schon bemerkt? Meine Brust blähte sich weiter auf.

„Wie ich schon sagte, steht Zephyr für Luft", meinte ich. „Mein Volk lebt auf einer Insel weit draußen im Meer, die in die Luft ragt."

„Und eure Vox fliegen euch von der Küste zu eurem Zuhause."

„Wir benutzen die Vox als Transportmittel, aber auch im Kampf."

„Die Shaydes sind furchtbare Kreaturen."

„Sie haben die meisten unserer Weibchen getötet. Sie greifen uns schon seit vielen Generationen an, aber vor fünf Jahren haben sie sich zu großen Rudeln zusammengetan und uns alle auf einmal herausgefordert. Wir haben viele Krieger verloren, aber das Schlimmste war, dass sie das Gebäude fanden, in dem wir unsere wertvollen Weibchen versteckt hatten. Sie haben fast alle von ihnen getötet."

„Deshalb habt ihr den Vertrag mit uns geschlossen", erwiderte sie und ihre Finger zuckten dort, wo sie sie auf ihre Oberschenkel gelegt hatte.

„Euer Dorf benötigt Schutz, und wir brauchen Orklinge, wenn unsere Spezies überleben soll."

„Mit zwei Frauen pro Jahr werdet ihr nicht viele Orklinge bekommen."

„Das muss reichen. Wir wollen nicht um mehr bitten."

„Warum nicht? Ich kann mir vorstellen, dass das Dorf euch mehr geben würde, wenn ihr das verlangen würdet."

„Weil eure Bevölkerung nicht mehr als zwei entbehren kann."

„Das überrascht mich", sagte sie. „Es gibt über tausend Menschen im Dorf, und im Allgemeinen mehr Frauen als Männer. Ich könnte mir vorstellen, dass wir fünf oder zehn pro Jahr an euch übergeben könnten."

Meine Gefährtin war eine interessante Frau.

„Wir haben den Vertrag bereits unterzeichnet. Es wäre falsch, um Änderungen zu bitten."

Sie zuckte mit den Schultern. „Vielleicht gehst du einfach zu den Festungsmauern und bittest darum, mit den Frauen zu sprechen."

„Würden sie mit uns reden?" Das konnte ich mir nicht vorstellen. Sie fürchteten uns. Sie schrien vor Angst, wenn sie uns sahen.

„Wenn sie wüssten, dass ihr keine furchtbaren Bestien seid", meinte sie, „würden sich die Frauen euch vielleicht freiwillig anschließen."

„Würden sie das?", fragte ich skeptisch. „Wir sind

groß, grün und wir haben Hörner. Wir sind nicht winzig und zart wie Menschen."

„Wir mögen zart erscheinen, aber ich wette, wir würden dich überraschen. Die meisten von uns sind innerlich hart. Und nur darauf kommt es wirklich an."

„Ich beginne zu vermuten, dass du recht hast." Zumindest, was sie anging. Andere Orks hatten anfangs nicht so viel Glück mit ihren Gefährtinnen gehabt. Das ließ mein Herz leichter werden. Vielleicht würde ich mit meiner Gefährtin Frieden und Trost finden, nicht einen Kampf wie viele andere. Ich räusperte mich. „Warum bist du nicht weggelaufen, als ich zusammengebrochen bin?" Etwas, das mich zutiefst beschämte, obwohl ich sie nicht daran erinnern wollte. Ich hatte noch nie nach einem Kampf das Bewusstsein verloren, und ich hoffte, dass es nie wieder passieren würde.

„Weil du verletzt warst. Du bist nicht zusammengebrochen. Ich vermute, du wurdest bewusstlos geschlagen. Erinnerst du dich nicht daran, dass die letzte Aschenkralle dir den Kopf eingeschlagen hat?"

Vage. „Ich habe alle Aschenkrallen getötet. Wenn du geflohen wärst, hätte ich sicher überlebt."

„Hätte ich überlebt, wenn mein Beschützer mich im Wald zurückgelassen hätte, als ich drei Jahre alt war?"

„Du warst jung. Schwer verletzt."

„Du warst auch schwer verletzt."

„Du hast eine Schwäche für die, die Hilfe brauchen?"

Sie zuckte mit den Schultern. „Es fühlte sich nicht

richtig an, dich zu verlassen.“

Beeinflusste das Band sie bereits? Die Auserwählten des Clan-Anhängers verliebten sich schnell in ihre Gefährten, und das war bei den Weibchen, die aus der Festung geschickt wurden, um in Anspruch genommen zu werden, auch durchweg der Fall gewesen.

Ich konnte mir nicht vorstellen, dass mich jemand wegen etwas anderem als aus Pflichtgefühl liebte, wie diejenigen, um die ich mich in meinem Dorf kümmerte. Doch tief in meinem Inneren sehnte ich mich nach der Liebe einer besonderen Person, die sich um mich kümmerte, wenn es sonst niemand konnte.

War das Eleri? Das Schicksal würde es hoffentlich so fügen.

„Erzähl mir von den anderen Clans. Welche Symbole tragen sie?“, fragte sie.

„Diejenigen des Basselt- oder Erdclans leben im Herzen des riesigen Gebirgszuges in der Nähe unserer größten Stadt.“

„In Höhlen?“

„So habe ich es gehört. Man sagt, dass dort Dinge leuchten, aber ich kann mir das nicht vorstellen. Ich habe sie aber auch noch nie besucht. Ich bevorzuge die Sonne und das Meer.“ Obwohl der fehlende Regen die Zahl meiner Leute dezimierte. „Dann gibt es noch die Azuris oder den Wasserclan. Sie leben hauptsächlich in der Stadt, die an der Küste gebaut wurde. Mein Freund Jaus ist der neu ernannte Kommandant des Militärs. Wenn die Dresalods angreifen, führt er den Angriff an.“

„Ich bin überrascht, dass dein Clan nicht der der Azuris ist, weil du weit draußen auf dem Meer lebst."

„Die Clans wurden vor vielen Generationen ausgewählt. Zephyr passt zu uns."

„Ah."

Wieder dieses „Ah", als ob sie alles, was ich sagte, verarbeitete, ohne zu urteilen. Ein Gefühl der Zufriedenheit machte sich in mir breit, das erste Mal seit Langem, dass ich dieses Gefühl auskostete. Die Last des Überlebens meines Volkes war auf mich gefallen, als ich noch viel zu jung gewesen war, um diese Aufgabe zu übernehmen. Mein Vater war während der großen Shayde-Schlacht vor fünf Jahren gestorben, als ich siebzehn gewesen war, und nur Crickin, Drabass' Vater, hatte mich herausgefordert. Mein Vater hatte mich gut ausgebildet, und ich hatte den Kampf gewonnen.

Niemand sonst hatte versucht, die Führung zu übernehmen. Unser Leben war hart, und es war schon schwierig genug, auf den Inseln zu überleben, ohne sich mit den täglichen Aufgaben eines Caedos zu beschäftigen. Die meisten konnten das sehen.

Drabass nicht, aber er war ein Narr. Er würde einen schrecklichen Caedos abgeben, und obwohl ich mir diese Rolle nicht immer gewünscht hatte, waren die Schicksale weise gewesen, als sie mich auserwählt hatten.

Jetzt hatten sie ihre Weisheit mit Eleri erneut bewiesen.

„Zu den anderen Clans gehören Lumen, für die Sonne", erzählte ich. „Sie leben hoch in den Bergen, und viele von ihnen sind Teil der königlichen Familie. Die anderen beiden Clans sind der Malis- oder Schattenklan, der im Wald lebt, und der Ember- oder Feuerklan. Sie leben jenseits der Berge in einem kahlen, trockenen Klima. Sie hegen und pflegen unsere Vox."

„Ihr reist dorthin, um einen zu holen, nachdem er geschlüpft ist?"

„Sie schlüpfen aus einem Samen, der halb so groß ist wie ich, und wenn sie herausschlüpfen, binden sie sich an die Person, die ihnen am nächsten steht. Früher war das ihr Elternteil, aber jetzt reisen alle infrage kommenden Männchen und Weibchen zum Ember Clan, um beim Schlüpfen dabei zu sein. Wir bleiben so lange dort, bis die Vox groß genug sind, um zu fliegen, und füttern und pflegen sie, damit sie unsere Berührung kennen. Wir lernen, mit ihnen zu fliegen und bringen sie dann zu unseren Häusern, damit sie wissen, wo sie uns finden können. Sie nisten in unserer Nähe, kehren aber immer in das Ember-Territorium zurück, wenn sie bereit sind, Junge zu gebären, was allerdings nur alle drei Jahre der Fall ist."

„Faszinierend."

Wieder zeigte sie keine Angst. Dieses Weibchen hatte sich den Aschenkrallen nur mit einem Stock entgegengestellt. Sie ritt auf meinem Vox, ohne Furcht in ihren Augen. Und sie begegnete meinen Augen mit einem eisernen Blick.

Sie war es wert, meine Gefährtin zu sein.

Aber war ich ihrer würdig?

Kapitel 7

Eleri

Wir flogen durch die Nacht. Odik lenkte seinen Vox auf eine Wiese, als die Morgendämmerung am Horizont aufblühte.

Ich war mir nicht sicher, was ich davon halten sollte, von seinem Clan auserwählt worden zu sein. Konnte das Schicksal einen Anhänger schicken, um den Leuten Orientierung zu schenken? Wer war ich, darüber zu urteilen? Aus einem unbekannten Grund hatte mir das Schicksal Zur geschickt, als ich ein Kind gewesen war, das von den Shaydes als Abendessen ausgewählt worden war.

Ein Schluchzen erwachte in meiner Kehle, aber ich schluckte es wieder herunter. Jetzt war nicht der richtige Zeitpunkt, um um meinen verlorenen Vater zu weinen. Das würde ich tun, wenn mich niemand sehen - und verurteilen - konnte, obwohl ich sicher war, dass Odik nicht lachen würde. Er wirkte stoisch, ernst und voller

Mitgefühl. Ich nahm an, dass er das auch sein musste, weil er seinen Clan schon in so jungen Jahren anführte.

Er hatte seinen Vater verloren, was bedeutete, dass er meine Gefühle verstand.

Und wir waren jetzt gepaart.

Ich hätte nie gedacht, dass mich jemand heiraten würde, schon gar nicht mit meinem Hinken, daher war ich mir nicht sicher, was ich davon halten sollte, einen Ehemann zu haben. Alle im Dorf hatten mich verachtet.

Doch Odik lehnte mich nicht ab, zumindest bis jetzt nicht. Vielleicht war mein Hinken für ihn keine so große Sache. Er hatte mein Defizit gelassen und achselzuckend hingenommen, als sei es etwas, womit man umgehen müsse, aber nichts, was uns beide zurückhalten würde.

Das ... gefiel mir.

Ich würde jedoch nicht aus Dankbarkeit bei ihm bleiben. Ich würde abwarten, und seinen wahren Charakter kennenlernen. Wenn ich weiterhin das Gefühl hatte, dass er ein guter Mann war, würde ich bei ihm bleiben. Eine Rückkehr ins Dorf kam nicht infrage, aber ich musste irgendwo leben.

Würde ich ihn lieben lernen?

Die anderen Dörfler würden mich verachten, wenn sie hörten, dass ich mich für einen Ork interessierte, aber ich hatte noch nie zugelassen, dass die Meinung anderer über mich eine Rolle spielte, und das würde ich auch in diesem Fall nicht zulassen.

Zarran landete auf der Wiese, und Odik sprang auf den Boden. Er streckte seine Arme aus und hob mich dem Rücken des Vox', dann hielt er mich fest, als meine Beine nachzugeben drohten.

„Ich habe das Gefühl, als hätte ich sie permanent gebeugt", sagte ich mit einem leisen Lachen. Meine Oberschenkel krampften sich zusammen, und mein schlechtes Bein schmerzte, aber das war nichts Neues.

„Wenn du willst, massiere ich dir nachher die Beine." Seine Stimme klang tief und heiser, und der anerkennende Blick, mit dem er an meinem Körper herunterglitt, war nicht zu übersehen. Er brachte meine Haut zum Brennen und die geheime Stelle zwischen meinen Beinen zum Pochen. Außer mir hatte mich dort noch nie jemand berührt.

Wie würde es wohl sein, Odiks Hand dort zu spüren? Würde er wissen, was er tun sollte, oder würde er einfach abwinken und mich zurückweisen, wenn ich es ihm vorschlug?

Nein, er hatte angeboten, meine Beine zu massieren. Wenn er mich generell nicht anfassen wollte, hätte er den Vorschlag nicht gemacht.

„Das wäre sehr nett von dir", sagte ich und bemühte mich, neutral und nicht bedürftig zu klingen. Ich war kein kleines, zahmes Haustier, das dringend Streicheleinheiten benötigte.

Er nickte mir knapp zu. „Lass mich unser Lager aufschlagen, dann kümmere ich mich darum."

Ich schaute mich in dem umliegenden Wald um und sog die kühle Luft ein, die aus den schattigen Nischen drang. Er hatte mir gesagt, dass der Malis-Clan hier lebte, aber ich sah keine Anzeichen von Lebewesen. Aber der Wald war riesig, und sie könnten in einem anderen Teil leben.

Wie konnte ein Clan dort leben, wo die Shaydes jagten?

Mir lief eine Gänsehaut über den Rücken bei dem Gedanken, niemals einen sicheren Ort zum Verstecken zu haben. Die Mauern der Festung schlossen uns ebenso ein wie sie uns Schutz boten, aber wenigstens konnte ich dort nachts schlafen, ohne mir Sorgen über einen Angriff zu machen.

Zumindest einem Angriff der Shaydes.

Birgid war genauso bösartig. Würde ich jemals Rache für das finden, was sie getan hatte? Vielleicht würde ich es eines Tages schaffen.

„Ich werde ein Feuer machen", sagte Odik. „Das wird die Aschenkrallen und Shaydes fernhalten, obwohl beide normalerweise nur nachts jagen."

„Wir haben Glück, dass wir über ihnen fliegen können."

„In der Tat." Während Odik zum Wald ging und heruntergefallene Äste einsammelte, humpelte ich hinter ihm her. Meine Beine zuckten und meine Wirbelsäule brannte vor Schmerz. Wie konnten Orks auf den Vox reiten, ohne so wund zu sein wie ich? Wahrscheinlich hatten sie einfach genug Übung.

Ich sammelte Stöcke zum Anzünden und brachte eine Armladung dorthin, wo er mit der dicken Klinge am Ende seines Stabes eine kleine Grube aushob. Er trug ihn in einer Scheide auf dem Rücken, was genauso wie das Reiten des Vox' bestimmt Übung erforderte. Sonst könnte er jemandem den Kopf abgetrennt, wenn er sich zu schnell umdrehte. Oder er würde ihn sich selbst in die Schulter rammen, während er sich umdrehte.

Er hockte neben der Grube und stapelte sorgfältig die Zweige, die ich gesammelt hatte, und fügte erst danach dickere, dann schwere Äste hinzu. Schnell brannte ein gemütliches Feuer. Der Tag würde wärmer werden, und in der Nähe des Feuers könnte es heiß werden, aber da ich wusste, dass es bösartige Lebewesen fernhalten würde, genoss ich die Wärme.

„Setz dich." Er holte ein in gewachstes Tuch eingewickeltes Bündel aus einem Beutel und packte es aus, während ich mich vorsichtig neben ihm auf den Boden sinken ließ.

Es war himmlisch, meine Beine auszustrecken und mit den Zehen zu wackeln, die ich in meine Schuhe gestopft hatte.

Er zerbrach einen Klumpen aus Samen, Nüssen und getrockneten Beeren und reichte mir eines der Stücke. „Es ist nicht viel, aber es wird deinen Bauch sättigen."

„Danke." Ich nahm einen großen Bissen und genoss den leicht süßen Geschmack, der mit den salzigen Samen konkurrierte.

Er zog eine Wasserflasche aus dem Beutel und bot sie mir ebenfalls an. Auch das Wasser war ein wenig salzig, aber es ging genauso leicht runter wie die Mahlzeit. Mein Hunger machte mir einen unglaublichen Appetit.

„Werde ich andere menschliche Frauen treffen?", fragte ich, während wir weiter aßen. Ich schob meine Beine hin und her und versuchte, eine Position zu finden, in der sie nicht schmerzten, aber das war vergebens.

„Eines Tages."

„Was soll das heißen?"

„Wie ich schon sagte, lebt der Zephyr-Clan weit draußen auf dem Meer. Du wirst die erste menschliche Frau sein, die dort lebt."

„Ich freue mich schon darauf, alles zu sehen." Ich bemühte mich, den wehmütigen Tonfall aus meiner Stimme herauszuhalten. Ich konnte nicht all meine geheimen Hoffnungen auf ein Zuhause und eine Familie auf Odik setzen. Er würde vielleicht nie mehr tun, als meine Anwesenheit zu tolerieren. Die Vorstellung, dass mich irgendjemand außer von Zur lieben könnte, war ein seltsames Konzept.

Odik würde mir Orklinge in meinen Körper pflanzen, sobald ich ihm sagte, dass ich bereit war. Ich konnte nur hoffen, dass er mich freundlich behandeln würde.

Seltsam, ich konnte mir fast vorstellen, wie er mich mit mehr als nur Freundlichkeit ansah.

War es töricht von mir, auf seine Liebe zu hoffen?

Kapitel 8

Odik

„Du fühlst dich unwohl", sagte ich. Sie veränderte ständig ihre Position, und obwohl ich spürte, dass sie versuchte, es zu verbergen, zuckte sie bei jeder Bewegung zusammen.

Es war nicht schwer, sich daran zu erinnern, wie steif und wund ich nach meinem ersten Ritt auf Zarran gewesen war.

Sie krümmte ihre Schultern nach vorn. „Es tut mir leid."

„Warum?"

„Weil es nie gut ist, Schwäche zu zeigen."

Das erstaunte mich. „Du bist noch nie auf einem Vox geritten, oder?"

Sie schüttelte den Kopf.

„Und wir waren die ganze Nacht unterwegs. Ich konnte nach meinem ersten Ritt nicht mehr laufen, obwohl ich nur ein paar Stunden geritten bin." Ich winkte mit dem Finger in ihre Richtung. „Komm. Leg dich hin und hebe deinen Rock hoch, Gefährtin.“

Ihr schockierter Blick begegnete dem meinen, und ich kicherte über ihre Vermutung.

„Habe ich dir nicht gesagt, dass ich dich nicht beanspruchen würde, bevor du bereit bist?“, sagte ich. „Wie ich vorhin angeboten habe, möchte ich deine Beine massieren. Sonst nichts.“

„Es tut mir leid. Ich schätze, es fällt mir nicht leicht, jemandem zu vertrauen.“

„Und ich habe dir nicht viele Gründe gegeben zu glauben, dass du mir vertrauen kannst, aber ich hoffe, dass du irgendwie das Gute in meinem Herzen sehen kannst und weißt, dass ich dich immer beschützen und wertschätzen werde.“

„Warum?“

„Weil du meine Gefährtin bist.“

Sie schürzte die Lippen. „Laut deinem Clan. Ich bezweifle, dass du mich gewählt hättest, wenn du die Wahl gehabt hättest.“

Warum war ihre Stimme so voller Selbsthass? „Vielleicht schon, wenn wir uns unter normalen Umständen getroffen hätten. Du bist hübsch.“

„Fürsorge benötigt Zeit, um sich zu entwickeln, und hat nichts mit dem äußeren Erscheinungsbild einer Person zu tun.“

Es gefiel mir, den Elan in ihrer Stimme zu hören. Sie war mir gegenüber ruhig und entspannt gewesen, und obwohl es schön war, dass sie nicht gegen mich ankämpfte, machte ich mir Sorgen, dass sie trotz der Stärke, die sie gestern Abend gezeigt hatte, nicht stark genug für das harte Leben sein könnte, das wir auf der Insel führen würden. Jetzt war ich darüber nicht mehr so besorgt.

„Im Wald, als die Aschenkrallen angriffen, sah ich mehr als deine Oberfläche", sagte ich. „Ich sah eine Frau, die bereit war, mich zu schützen und meine Wunden zu verbinden. Die ihr Bestes getan hätte, um nicht nur sich selbst, sondern auch mich zu verteidigen. Glaube also nicht, dass ich nur dein wunderschönes Haar bemerke, das mich an die schönsten Sonnenuntergänge erinnert, oder die Farbe deiner Augen, geschweige denn deine köstliche, üppige Gestalt."

Ihr Schnauben ertönte. „Ich bin alles andere als wunderschön oder köstlich, obwohl ich deine freundlichen Worte zu schätzen weiß."

„Ich habe von Herzen gesprochen, nicht um nett zu sein. Du siehst dich selbst nicht so wie ich."

Sie legte den Kopf schief. „Ich verstehe dich nicht. Die Worte, die du sprichst, ja, aber ich schätze, ich weiß nicht, warum du so nett zu mir bist. Warum du mich zu wollen scheinst."

„Hat dir noch nie jemand gesagt, dass du etwas Besonderes bist?"

„Eine Person schon", sagte sie mit einem traurigen Lächeln. Ihre Augen funkelten vor Tränen. „Du solltest wissen, dass ich freiwillig eine Orkbraut geworden bin. Ich wurde nicht dazu gezwungen, wie all die anderen.

Ich habe den Platz von jemand anderem eingenommen. Der Mann, der mich aufgezogen hat ..." Ihre Worte verstummten und Tränen rannen über ihre geröteten Wangen. „Er wurde ermordet, und alle haben mich beschuldigt, es getan zu haben."

„Hast du das?"

„Nein, natürlich nicht. Ich habe ihn geliebt."

„Möchtest du, dass ich zurückkehre und sie alle für ihre falschen Anschuldigungen töte?"

Ihr Atem stockte. „So etwas kannst du nicht tun."

„Ich bin der Anführer des Zephyr-Clans. Man könnte meinen, ich kann tun, was ich will."

„Du kannst nicht einfach einen Haufen Menschen töten."

„Ich würde es dir zu Ehren tun", erwiderte ich leise.

Sie schluckte schwer und rieb meinen Arm. Ihre Berührung ließ Hitze in mir auflodern. Sie konzentrierte sich auf meinen Schwanz, der noch einige Zeit mit Entzug zu kämpfen haben würde.

„Danke", sagte sie. „Aber mir wäre es lieber, du würdest es nicht tun. Eine von ihnen hat den Tod verdient, aber lass sie sich lieber in der Schuld suhlen, die sie für den Rest ihrer Tage tragen wird. Das wird sie mehr bestrafen als der Schlag deines Stabes gegen ihren Kopf. Das würde die Sache viel zu schnell beenden."

„Du musst nur ein Wort sagen, Gefährtin", sagte ich, und meine Stimme wurde heiser. „Ich schwöre, ich werde alles tun, um dich glücklich zu machen."

„Das musst du nicht." Ihr stählerner Blick traf den

meinen. „Eines Tages, obwohl ich nicht weiß, wie, wird die Rache mein sein."

Ja, sie hatte die Stärke, die sie benötigte, um sich den Herausforderungen zu stellen, die das Leben auf der Insel mit sich bringen würde.

Sie war wunderschön. Niemand würde etwas anderes behaupten. Aber ich sah mehr als nur ihre äußere Erscheinung.

Ich sah eine Frau, die ich leicht lieben konnte.

Kapitel 9

Eleri

In kürzester Zeit hatte ich gelernt, dass Orks nicht so waren, wie die Dorfbewohner es mir eingeredet hatten. Ihre Worte waren mit Grauen erfüllt gewesen. Odik war kein Ungeheuer, keine wilde Kreatur, obwohl ich bereits gesehen hatte, wie beeindruckend er im Kampf war. Ich hatte den Verdacht, dass er fast alles abwehren konnte, und manche würden das vielleicht als wild bezeichnen.

Im Inneren war er wirklich freundlich.

Die Dorfbewohner hatten den Orks einen Bärendienst erwiesen.

Ich legte mich auf den Boden, hob zaghaft meinen Rock bis zur Mitte der Oberschenkel an und beobachtete ihn, während mein Atem stoßweise ging. Ich war nicht verängstigt. Nein, ich war fasziniert.

Vielleicht war ich eine törichte Frau, die dem ersten

Mann erlag, der mich nett behandelte. Ich ertrank in dem, was er mir anbot, während er danach weggehen würde, ohne zu merken, wie sehr er mich in seinen Bann gezogen hatte.

Aber Odik schien nicht diese Art von Mann zu sein. Ich wusste nicht, wie ich mir da so sicher sein konnte, aber ich war es. Er nannte mich seine Gefährtin, und er meinte es ernst.

Er hatte mit mir gesprochen, gesehen, wie ich lief, und wollte mich trotzdem für sich beanspruchen.

Odik starrte so lange auf meine Beine, dass ich befürchtete, er würde plötzlich meine Schwächen sehen und mich als unwürdig erachten, sich mit einem so wilden und gut aussehenden Ork zu paaren. Mit einem knappen Nicken, das ich nicht deuten konnte, trat er näher an mich heran und hielt neben meinen Knien inne.

Als er seine Hände auf meine Unterschenkel legte, keuchte ich auf.

„Schmerzen?", fragte er und nahm seine Hände von mir.

„Nein."

Ein Stirnrunzeln flackerte über sein Gesicht, aber er sagte nichts und begann wieder mit seinen warmen, schwieligen Handflächen und Fingerspitzen sanft von meinem Knie bis zu meiner Fußspitze streichen. Unter meinem Rock trug ich nichts außer meiner Unterwäsche, was bedeutete, dass meine Beine nackt waren.

Er hob meine rechte Ferse auf seinen Oberschenkel

und starrte auf das Netz von Narben, das sich von meinem Oberschenkel bis zu meinem Knöchel zog. „Das muss furchtbar weh getan haben."

„Ich war drei, als es passierte. Nur in meinen Träumen scheine ich mich daran zu erinnern, aber wenn ich durch meine Schreie aufwache, spüre ich nichts anderes als den endlosen Schmerz."

„Es tut mir leid. Manchmal verdrängen wir die schlimmsten Dinge im Leben, um unsere Seele zu schützen."

„Glaubst du, dass ich das getan habe?"

Er zuckte mit den Schultern und bearbeitete sanft meine Wade. Ich stöhnte auf, als ich merkte, wie gut sich seine Berührung anfühlte.

„Du bist geschickt mit deinen Händen", meinte ich.

Er grinste mich an, und ich wunderte mich, dass ich Reißzähne und ein grobes Orkgesicht so anziehend finden konnte. „Ich kann nicht behaupten, dass ich Übung habe. Du bist klein und zart. Ich habe Angst, dass ich dir wehtue."

„Ich glaube nicht, dass du das kannst." Ich konnte nicht sagen, woher ich das wusste, aber zwischen uns wuchs etwas, etwas Kostbares, das ich bewahren wollte.

War ich vielleicht schon dabei, mich zu verlieben?

Das wäre ein Fehler meinerseits. Odik war ein guter Kerl. Er würde mir nie wissentlich etwas antun. Aber wie alle anderen außer Zur bezweifelte ich, dass er einen Weg finden würde, mich zu lieben. Man musste nur daran denken, was Birgid getan hatte! Sie hatte den einzigen Menschen ermordet, der sich um mich sorgte, nur um mich aus dem Dorf zu vertreiben.

Ich war zu beschädigt, als dass sich jemand um mich kümmern könnte.

Odik war mit meinem rechten Bein fertig und glitt auf die andere Seite, damit er sich um mein linkes kümmern konnte. Jede Berührung seiner Finger ließ meine Haut kribbeln. Ich mochte es, wenn er mich berührte.

Zu sehr.

Während er die Spannung in meinen Schenkeln bearbeitete, stieg die Hitze in mir auf. Ich war mir nicht sicher, wie ich das Gefühl deuten sollte, aber ich spürte, dass es Lust war. Seine Finger fühlten sich gut an. Es war ganz natürlich, dass ich mir vorstellte, wie er sie in intimere Bereiche gleiten ließ.

Nässe sammelte sich zwischen meinen Beinen, und ich bewegte mich auf dem Boden, weil ich plötzlich mehr wollte.

Er hob den Kopf, als würde er die Luft schnuppern, bevor sein goldener Blick mich festhielt. Nachdem er meine Beine von seinem Schoß genommen hatte, brachte er ein wenig Abstand zwischen uns. „Wir müssen jetzt schlafen."

„In Ordnung." Ich fühlte mich schlaff und aufgeregt zugleich, obwohl ich nicht wusste, warum.

„Leg dich ans Feuer", sagte er knapp. „Ich werde die

Gegend bewachen und dich in der Dämmerung wecken.“

Ich wusste nicht, warum er sauer auf mich war, aber ich wollte auch nicht fragen. Mit einem Nicken rollte ich mich in der Nähe des Feuers zusammen.

Der Schlaf kam nicht schnell.

Kapitel 10

Eleri

Odik weckte mich, als die Sonne gerade unterzugehen begann.

„Wir reiten los", war alles, was er sagte, bevor er mir auf die Beine half.

Als meine Beine fast nachgaben, hob er mich in seine Arme und trug mich mit schnellen Schritten zu Zarran hinüber. Ein Sprung, und wir saßen beide auf dem Rücken des Vox'. Ein Stoß mit den Fersen, und die Bestie erhob sich und flog über den Wald unserem Ziel entgegen.

Wir flogen durch die Nacht.

„Erzähl mir mehr von der Insel, die du dein Zuhause nennst", bat ich. „Du sagtest, die Oberfläche liegt weit über dem Wasser?"

„Steile Klippen umgeben den oberen Teil der Insel und machen sie für die Dresalods unzugänglich."

„Du hast sie bereits erwähnt. Was sind sie?"

„Meereskreaturen, so wild wie die Shaydes", antwortete er grimmig.

Er lenkte Zarran nach rechts, um einem großen Vogelschwarm auszuweichen. Einige entdeckten den Vox, kreischten und stürzten sich in den Wald, während die anderen wütend hinterher flatterten. Sie verschwanden in der Vegetation.

„Dresalods leben tief unter dem Meer. Sie sind so groß wie Orks und haben Stacheln an jedem ihrer sechs Gliedmaßen sowie große Krallen an der Vorderseite ihres harten Exoskeletts. Damit können sie klettern und kämpfen."

„Sie klingen furchterregend", sagte ich mit einem Schaudern, weil ich mir ein solches Tier nicht vorstellen konnte.

„Die Klippen schrecken sie ab, aber sie greifen gelegentlich an. Sie genießen unser Fleisch."

Mein Frösteln verwandelte sich in ein regelrechtes Zittern.

Odiks Arme legten sich enger um mich. „Ich werde dich vor ihnen beschützen."

Aber was sollte *ihn* vor ihnen schützen?

„Greifen sie oft an?", fragte ich mit zittriger Stimme. Ich fürchtete mich nicht sonderlich, aber die Vorstellung, dass Seekreaturen in der Größe von Orks uns angreifen könnten, machte mir fast Lust, in den Wald zurückzukehren und mich den Shaydes und Aschenkrallen zu stellen. Wenigstens kannte ich sie. Über die Dresalods wusste ich so gut wie nichts.

„Sie kümmern sich selten um die Inseln. Die Topografie ist eine zu große Herausforderung. Sie greifen nur nachts an, und das auch nur selten."

„*Wie* oft?" Wenn dies mein Zuhause werden sollte, musste ich das wissen.

Er zuckte mit den Schultern. „Ungefähr alle sechs Monate, wenn ihre Zahl so groß ist, dass sie sich mutig fühlen. Aber keine Angst. Wir hören sie kommen, lange bevor sie uns erreichen. Sie schreien meist, wenn sie das Meer verlassen. Wir ziehen unsere Stufen hoch, um ihnen das Klettern zu erschweren, und lassen dann Felsbrocken auf sie fallen, wenn sie versuchen, die Steinoberfläche zu erklimmen. Nur wenige schaffen es bis nach oben, und die erledigen wir schnell."

„Das macht mich nicht gerade neugierig auf das Meer."

„Ich werde dich beschützen."

Ich musste ihm vertrauen. Schließlich hatte er schon so lange mit den Kreaturen gelebt. Er wusste bestimmt alles, was es über die Dresalods zu wissen gab.

„Was kannst du mir noch über die Insel erzählen?"

„Sie ist die größte einer Inselkette, und Orks leben nur auf dem Hauptteil des Landes. Die anderen sind zu klein, um unsere Lebensweise auf Dauer zu unterstützen. Die Insel selbst besteht aus offenen Flächen und etwas Wald. Wir bauen unsere eigenen Feldfrüchte an und haben eine enge, freundliche Gemeinschaft. Die Insel selbst ist schöner als jeder andere Ort, den du je gesehen hast." Stolz und Freude klangen in seiner

Stimme mit. „Ich liebe es dort. Ich kann mir nicht vorstellen, irgendwo anders zu leben. Auch dir wird es dort gefallen."

Außer die Sache mit den Dresalods, dachte ich. Aber ich könnte Wache halten, wie es die Orks taten. Und mit der Zeit würde ich auch lernen, wie man sie bekämpfte. Natürlich nicht so gut wie ein Ork. Ich war bei Weitem nicht so stark.

Aber meine Stärke kam von innen, was am wichtigsten war.

Wir flogen, bis der Morgen anbrach, und Odik setzte Zarran auf einer anderen kleinen Wiese ab.

Wie zuvor humpelte ich hinter Odik her und sammelte Stöcke für das Feuer, wobei ich mich bemühte, nicht zu stöhnen. Ich hatte so starke Schmerzen, dass ich bei jedem Schritt zusammenzuckte. Ich war mir nicht sicher, ob es überhaupt noch einen Muskel in meinem Körper gab, der nicht krampfte.

Er füllte den Wasserschlauch an einem schlängelnden Bach auf, der sich in der Nähe der Wiese durch den Wald kämpfte.

„Du kannst dich hier waschen, wenn du willst."

Das Wasser war zwar kalt, aber die Idee klang himmlisch. Mit meinem Kleidersack in der Hand humpelte ich zum Wasser hinüber.

So gern ich mich auch ausziehen und in den Bach setzen würde, ich traute mich nicht, mich in Odiks Gegenwart zu entblößen. Ich hatte keine Angst, dass er mich überwältigen würde. Er hatte bereits bewiesen, dass er ein guter Kerl war.

Aber meine Haut kribbelte, wenn ich daran dachte, wie er meinen nackten Körper betrachtete. Ich war mir nicht ganz sicher, was dieses Kribbeln zu bedeuten hatte, aber ich vermutete, dass es mit der Anziehungskraft zusammenhing, die ich für den starken Ork zu empfinden begann, der mich seine Gefährtin nannte.

Ich zog mein Unterkleid aus, wusch es und legte es zum Trocknen in die Sonne auf einen flachen Felsen. Ich stellte mich mit gespreizten Beinen ins Wasser und säuberte mich, so gut ich konnte.

„Ich kann mich wegdrehen, wenn du dich dann wohler fühlst!", rief er von der Stelle aus, an der er neben dem neu entfachten Feuer kauerte. Er warf einen Stock in die Flammen und schaute nicht in meine Richtung.

Okay. Ich musste mich sauber fühlen.

Mit dem Rücken zu ihm zog ich meine Bluse aus, wusch sie aus und legte sie neben der Unterwäsche in die Sonne. Ich zog meinen Rock aus und setzte mich nackt in das Wasser, das mir nur bis zur Hüfte reichte. Ich konnte ein Aufjaulen nicht unterdrücken. Verdammt, war das kalt!

Odiks Blick glitt zu mir, bevor er den Kopf zurückwarf und sich dem Feuer zuwandte.

„Du bist nicht verletzt, oder?", rief er.

„Nein. Tut mir leid. Das Wasser ist kalt. Aber es fühlt sich gut an." Ich wusch mich und legte mich sogar zurück und säuberte mich, so gut ich konnte. Schade, dass keine Seife in der Tasche war, die sie jeder Frau gaben, die die Festung für die Jagd verließ.

„Ich werde nach dir baden", sagte er.

Ich stieg aus dem Wasser und benutzte meine Bluse, um das meiste Wasser abzutupfen. Ich wrang mein Haar aus und flocht es zu einem Zopf, damit es nicht durch meine saubere Kleidung nässte, und zog mich schnell an.

Meine Zähne klapperten, als ich zum Feuer eilte, aber ich fühlte mich zum ersten Mal seit Tagen wieder sauber.

„Behalte Zarran im Auge", sagte Odik und stand auf. „Er wird dich alarmieren, wenn er eine Bedrohung hört. Ruf mich sofort."

„Das werde ich." Ich setzte mich an das Feuer und streckte meine zuckenden Finger danach aus, um die Wärme einzusaugen.

„Es ist noch Essen in der Tasche. Du kannst gern etwas zu dir nehmen." Er schnappte sich seine Kleidung und schritt in Richtung des Flusses.

Ich hatte vor, ihm die gleiche Privatsphäre zu gewähren wie er mir, aber ich konnte nicht anders. Meine Neugier würde noch mein Verhängnis sein, aber ich spähte trotzdem durch meine Wimpern, als er sich die Kleidung vom Leib riss und ins Wasser stieg.

Ich sah nicht viel, nur den Schatten seines Schwanzes und seinen wohlgeformten Hintern. Er war am ganzen Körper grünlich-golden, und die Sonne schien über seine Haut zu streichen und sie zum Glänzen zu bringen.

Ein weiteres Kribbeln breitete sich in mir aus und bestätigte meinen früheren Verdacht. Ich fühlte mich zu meinem neuen Ork-Ehemann hingezogen, und ich war mir nicht sicher, was - wenn überhaupt - ich dagegen tun sollte.

Es gab eine Sache, die ich tun konnte. Ich wandte mich vollständig vom Bach ab und richtete meine Aufmerksamkeit auf das Feuer. Ich sah Odik erst wieder an, als er vollständig angezogen war und auf mich zuging.

„Du bist wieder wund", sagte er, nachdem wir mit dem Essen fertig waren. „Lass mich deinen Rücken und deine Beine massieren." Er klopfte auf seinen Schoß.

Sollte ich ihn abweisen? Seine Berührung hatte etwas in mir ausgelöst, von dem ich nicht sicher war, ob ich es noch einmal erkunden wollte. Nicht, wenn ich mich bereits zu ihm hingezogen fühlte. Aber er würde schließlich bald mein Ehemann sein, ein Gedanke, der mir keine Angst mehr machte.

Er klopfte wieder auf seinen Schoß. „Eleri."

Nickend erhob ich mich, und er zog mich auf seinen Schoß, mit dem Gesicht von ihm weg. Seine Finger strichen sanft über meinen Rücken, erst streichelnd, dann mit härteren Bewegungen. Er streichelte jeden verspannten Knoten glatt und schien genau zu wissen, wo meine Schmerzen am größten waren.

In kürzester Zeit schmolz ich dahin und hatte Mühe, nicht zu stöhnen, während ich auf seinem Schoß saß. Zwischen meinen Beinen sammelte sich Hitze, und selbst als Jungfrau war ich klug genug, um zu wissen, was das bedeutete.

Er ließ mich auf den Rücken neben sich fallen und rieb erst das eine, dann das andere Bein, wobei er seine Finger vorsichtig und mit gerade genug Druck bewegte, um mich noch mehr zum Schmelzen zu bringen.

„Ich war noch nie mit einem Mann zusammen", platzte ich heraus, als er mit dem Kneten meines rechten Schenkels fertig war.

„Warum nicht?"

„Weil mich niemand wollte." Vielleicht hätte mich Birgids Mann, der damals gezwinkert hatte, genommen, wenn ich es ihm angeboten hätte.

Oder vielleicht hatte er gar nicht gezwinkert, sondern nur etwas im Auge gehabt.

„Das kann ich nicht glauben", sagte Odik.

„Du bist zu nett."

„Ich bin ehrlich. Ich will dich." Seine Stimme klang hohl. Sein Blick glitt wie eine Liebkosung über meinen Körper, und noch mehr Hitze durchströmte mich, die sich in meinem Inneren konzentrierte.

„Hast du dich jemals selbst berührt?", fragte er.

„Was?", bellte ich und begann, mich aufzusetzen.

Er drückte mich sanft zurück auf den Boden. „Ich habe gefragt, ob du dich jemals selbst berührt hast." Sein Blick fiel auf die Stelle zwischen meinen Beinen, die pochte.

Ich rutschte auf dem Gras herum, errötete und

wurde von einem Bedürfnis übermannt, das ich noch nie zuvor verspürt hatte.

„Es ist in Ordnung, wenn du es nicht getan hast", sagte er. „Sei immer ehrlich zu mir, und ich werde es dir gleichtun."

„Ich *habe* mich berührt." Die Worte sprudelten nur so aus mir heraus. Ich war schon unzulänglich genug, ohne als völlig unerfahren rüberzukommen. „Ein paar Mal."

Er legte den Kopf schief, und ein Lächeln huschte über seine Lippen, bevor er sie wieder glättete. „Würdest du es jetzt tun?"

Ich holte tief Luft.

Hitze flammte in seinen Augen auf. „Ich möchte, dass du mir zeigst, was dein Körper genießt, Eleri."

Kapitel 11

Odik

Ich konnte die schwache Essenz ihres erhitzten Moschus riechen, bevor ich begann, ihren rechten Oberschenkel zu massieren, und das ließ meinen Schwanz vor Zustimmung brüllen.

Mein Anhänger glühte fast blendend in seiner Intensität.

Sie mochte sich nicht mit einem Ork paaren wollen, sie mochte mich nicht attraktiv finden, aber es war klar, dass ich etwas in ihr erregte.

Damit konnte ich arbeiten.

Ihre Jungfräulichkeit spielte keine Rolle. Nun, eigentlich schon. Zu wissen, dass ich ihr Erster sein würde, sorgte dafür, dass meine Brust anschwoll und ich brüllen wollte. Was natürlich dumm war. Es sollte keine Rolle spielen, ob sie erfahren war oder nicht. Ich wollte sie. Das war alles, was zählte.

„Du willst, dass ich mich selbst berühre?", fragte sie schockiert.

„Ja. Zeig mir, was dein Körper genießt."

„Ich ..." Sie kniff die Augenlider zusammen, und als sie sie wieder öffnete, konnte ich einen Hauch Lust in ihnen lesen.

Damit konnte ich auch arbeiten.

„Du musst nicht, wenn du nicht willst", sagte ich, und fuhr fort, sanfte Kreise über ihre Schenkel zu streicheln und arbeitete meine Hände langsam höher. Vielleicht hatte sie es nicht bemerkt, aber während ich ihre Beine rieb, bewegte sie sie immer weiter auseinander.

„Es fühlt sich komisch an, daran zu denken, das zu tun, während du zusiehst", schluckte sie.

„Ich könnte wegschauen, während du es tust. Du könntest ... beschreiben, was du tust. Das würde schon reichen."

Ihr Lachen blieb ihr in der Kehle stecken und wurde zu früh unterbrochen. „Ich dachte, es ginge darum, dass du zusiehst, wenn ich mich selbst befriedige."

Es gab nicht viel, was ich nicht tun würde, um eine solche Chance zu bekommen. „Ich möchte vermeiden, dass du dich unwohl fühlst."

Sie holte tief Luft und stieß sie zischend wieder aus, wobei ein paar Strähnen ihres prächtigen Haars in die Luft flogen, bevor sie sich mit dem Rest niederließen. Ich konnte den Blick nicht von seinem Glanz abwenden. Ich konnte nicht anders. Ich wollte es entflechten und mein Gesicht in den Strähnen vergraben.

„Du könntest deine Augen schließen“, sagte ich. „Tu so, als wäre ich nicht hier.“

„Du wirst mich doch nicht ... angreifen, oder? Ich meine, wenn ich mich entblöße.“

„Ich habe dir gesagt, dass ich dich nicht anfassen werde, bis du es willst.“ Und ich würde alles tun, was ich konnte, um sicherzustellen, dass sie es wollte, und zwar bald. Ich spürte, wie ihr Blick auf mir verweilte, aber es lag keine echte Angst in ihren Augen. Es war, als könnte ich den Blick nicht von ihr abwenden. Sie zog mich in ihren Bann.

Sie war meine Gefährtin. Alles war so, wie es sein sollte, aber es erregte mich trotzdem und ließ meinen Schwanz noch mehr anschwellen. Ich konnte es kaum erwarten, bis sie ihren Finger in meine Richtung krümmte und mich aufforderte, sie ganz zu besteigen. Mich tief in ihrem Körper zu vergraben.

„In Ordnung.“ Ihre Haut bebte, und ein schwindelerregendes Lachen entschlüpfte ihr. „Ich kann nicht glauben, dass ich das tue.“ Mit einem schnellen Ruck hob sie ihren Rock bis zur Taille hoch und entblößte das Kleidungsstück, das sie darunter trug. „Die wenigen Male, die ich mich selbst berührt habe, habe ich mich vorher vergewissert, dass ich allein bin. Es wäre mir peinlich gewesen, wenn jemand das gesehen hätte.“

„Ich bin dein Gefährte. Es muss dir nicht peinlich sein, mir zu zeigen, was dir gefällt, geschweige denn, deinen Körper vor mir zu entblößen.“

„Wir kennen uns erst seit Kurzem.“

„Eines Tages werden wir uns intim kennenlernen."

„Da hast du wohl recht." Mit einem letzten langen Blick zog sie ihr Unterkleid herunter, und ihre Glätte schimmerte im Morgenlicht.

Ich stöhnte auf, und ihr Blick begegnete meinem, in dem ein Wissen lag, mit dem manche Frauen geboren zu sein schienen. Sie verstand, dass ich sie wollte. Dass ich mich nach ihr sehnte. Ich würde es niemals leugnen.

Was würde ich nicht dafür geben, sie zwischen den Beinen zu lecken, an ihrem Kitzler zu saugen und das so lange zu tun, bis sie ihre Lust herausschrie.

Bald.

„*Ich* schließe jetzt die Augen", sagte sie. „Du schaust mich an, als wolltest du mich verschlingen."

„Ich wäre nicht Odik, wenn ich das nicht wollte." Ja, ich würde sie verzehren, aber nicht heute. Vielleicht würde ich unsere Reise ein wenig verzögern. Ich könnte mir einen zusätzlichen Tag leisten. Bis dahin würde sie mich sie vielleicht sogar berühren lassen.

„Zeig mir, was dir guttut", forderte ich sie auf und streichelte ihre Schenkel. Ich war so nah an ihr dran, dass ich alles sehen konnte, von ihrer geschwollenen Klitoris bis zu der Nässe, die aus ihrer engen Spalte tropfte.

„Nicht reden", bellte sie. „Wenn du das tust, erinnere ich mich daran, dass du hier bist, und dann kann ich mich nicht mehr richtig entspannen."

„Na gut." Ich würde nie wieder etwas sagen, solange ihre Finger nicht aufhörten, über ihren Bauch zu wandern.

Sie hob ihre Knie an und spreizte ihre Schenkel, und ich presste meinen Kiefer fest zusammen, um nicht zu stöhnen. Ihre Fingerspitzen streichelten über die Oberseite ihres Schenkels. Als sie ihre Schamlippen spreizte und einen Finger auf ihren Kitzler legte, klatschte mein Schwanz gegen meinen Bauch.

„Du solltest dich auch selbst befriedigen", sagte sie, und in ihrer Stimme lag eine Heiserkeit, die mich sofort durchfuhr. „Dann musst du nicht mit einem Stab in der Hose herumlaufen."

„Woher weißt du, dass ich erregt bin?"

„Es könnte eine Vermutung meinerseits sein, aber ich weiß genug über Männer, obwohl ich noch nicht mit ihnen intim war. Es gibt niemanden im Dorf, mit dem ich das hätte tun können, weil ich niemandem vertrauen konnte."

„Du hast recht. Ich bin völlig hingerissen von dir, Gefährtin. Ich kann nur daran denken, meinen Schwanz in deine heiße, feuchte Spalte zu versenken, hart in dich zu stoßen und deinen Kitzler zu streicheln, bis du zerspringst."

„Du sprichst schon wieder."

Mein Grinsen entglitt mir. „Ich entschuldige mich. Ich werde aufhören."

„Konzentriere dich auf deinen Schwanz, und ich mache ... das." Sie ließ eine Fingerspitze ihrer anderen Hand in ihre Nässe gleiten. Während sie ihren Kitzler rieb, pumpte sie den Finger rein und raus. Ihr Atem ging schneller, und ich musste meinen Schwanz nicht mehr berühren, damit er explodierte.

Ich löste ihn aus meinem Lendenschurz und umklammerte ihn.

„Du bist unglaublich feucht", knurrte ich. Das schlürfende Geräusch, das ihr Finger machte, machte mich wahnsinnig. „Du magst es, mit den Fingern gefickt zu werden. Versuch es mit zwei."

Ihr Finger stoppte. „Das habe ich noch nie gemacht."

„Mal sehen, ob es dir gefällt. Wenn nicht, kannst du wieder einen nehmen."

„Klar." Ein weiterer Finger gesellte sich zu dem ersten und bewegte sich tief in ihr, während ihre andere Hand sich um ihre Klitoris kümmerte. „Das fühlt sich noch besser an."

„Versuch es mit drei", knurrte ich.

„Streichelst du dich selbst?"

Wenn ich das täte, würde ich kommen. Ich wollte mich zurückhalten und erst kommen, wenn sie es tat, auch wenn ich zu diesem Zeitpunkt nicht in ihr vergraben war. „Drei Finger."

Ein Lächeln huschte über ihr Gesicht, bevor es sich wieder glättete. Sie pumpte drei Finger in ihre enge Muschi. „Das fühlt sich gut an. Ich mag das Gefühl. Komisch, dass ich nicht früher daran gedacht habe."

„Mein Schwanz ist dicker und länger als deine Finger."

„Und ich weiß, wohin du ihn stecken willst. Streichle dich selbst!"

„Natürlich, Gefährtin. Wie du willst."

Während ich meinen geschwollenen Schwanz pumpte, fuhr sie fort, ihre Finger in ihr Geschlecht hinein und wieder herausgleiten zu lassen, während sie ihren Kitzler streichelte.

„Kann ich etwas von deiner Nässe haben?", fragte ich.

Ein Stirnrunzeln glitt über ihr hübsches Gesicht. „Wofür?"

„Wenn ich mich zu stark reibe, könnte ich einen Ausschlag bekommen."

„Dann reib nicht so stark."

„Wenn ich das nicht tue, habe ich weiterhin, wie du sagst, einen Stab in der Hose."

„Du kannst etwas von meiner Nässe benutzen, denn ich scheine viel davon zu produzieren, aber tu nichts, was du nicht tun solltest."

Ich würde sterben, wenn ich sie nicht anfassen dürfte. „Ich werde einfach ..." Ich lehnte mich nah an sie und ließ meinen Finger gegen ihren gleiten. So fest. So feucht. Mein Schwanz zuckte nach oben und war kurz davor zu explodieren.

Ihr Atem stockte, und sie stemmte ihre Hüften in die Höhe, während ich meinen Finger hin und her schob und dabei ihre Innenwände streichelte. Ich zog ihn heraus und ließ ihn an meinem Schwanz hinuntergleiten, wobei ich fast explodierte, bevor ich ihn wieder in sie hineinschob.

„Wenn du willst, kann ich diesen Teil für dich übernehmen", sagte ich. „Meine Finger sind dicker."

„Wie willst du dich dabei um dich selbst kümmern?"

„Du brauchst dir keine Sorgen um mich zu machen. Entspann dich einfach und fühle. Sag mir, ob es weh tut oder nicht." Ich schob ihre Hand zur Seite und fuhr mit zwei Fingern in sie hinein.

„Ah", keuchte sie.

„Schmerzen?"

„Nein, es fühlt sich gut an."

Verdammt. Meine kostbare Gefährtin würde mein Tod sein.

Meine Eier schossen in die Höhe und Feuer brannte in meinen Adern, während ich meine Finger weiter in sie schob und wieder herauszog. Sie konnte drei vertragen, was gut war, weil mein Schwanz noch dicker war.

„Das fühlt sich toll an. Hör nicht auf." Während sie ihren Kitzler rieb, fickte ich meine neue Braut mit dem Finger.

Und als sie explodierte und ihr Stöhnen über die kleine Wiese schallte, gesellte ich mich zu ihr und schoss meinen Samen in dicken Schüben ins Feuer.

Kapitel 12

Eleri

Sollte ich mich für das schämen, was wir gerade zusammen getan hatten? Ich kannte Odik noch nicht lange. Wir hatten zwar einiges aus unserer Vergangenheit miteinander geteilt, aber wir hatten nicht viel übereinander erfahren. Wir hatten uns nicht einmal geküsst!

Was er getan hatte, hatte sich so dekadent angefühlt. Als wäre ich aus dem behäbigen Dorf herausgetreten und in die Arme von jemandem gelaufen, der mich in eine lüsterne Kreatur verwandelt hatte.

Ich wollte, dass er es wieder tat.

Anstatt ihm vorzuschlagen, seine Finger weiter in mir zu bewegen, drängte ich seine Hand weg, richtete meine Kleidung und setzte mich auf. Vorsichtshalber rutschte ich von ihm weg.

Er folgte meinem Beispiel und richtete seine Kleidung, dann fummelte er am Feuer herum. Er sammelte ein, was wir noch nicht gegessen hatten, und steckte es in den Beutel.

Ich war dankbar, dass er nicht erwähnte, was vorgefallen war.

„Wir werden heute so viel schlafen, wie wir können, und dann weiterreisen", sagte er und klopfte neben sich auf den Boden. „Du musst hier bei mir liegen."

„Weil wir heiraten werden?"

„Nach den Traditionen meines Volkes sind wir bereits verheiratet. Die Orks nennen es gepaart. Dass mein Anhänger dich auserwählt hat und ich dich dann im Wald aufgespürt und gefangen genommen habe, war die einzige Zeremonie, die nötig war, um uns für den Rest unseres Lebens miteinander zu verbinden."

Ein albernes Kribbeln durchfuhr mich. Ich wollte nicht, dass er sich verpflichtet fühlte, mit mir zusammen zu sein, nur weil sein Anhänger in meiner Gegenwart aufgeflammt war, aber ich fühlte mich wirklich zu ihm hingezogen. Ich würde es hassen, wenn er mir sagen würde, ich solle mir einen anderen Ort zum Leben suchen, wenn wir seine Heimatinsel erreichten.

„Du hast mich nicht gerade *erobert*", betonte ich.

Er verzog den Mund. „So nennt man es aber."

„Du bist vor meinen Füßen zusammengebrochen."

„Das ist mir sehr peinlich."

„Warum? Du hattest Schläge auf den Kopf bekommen. Du warst ohnmächtig ..."

„Noch etwas, das mir zutiefst peinlich ist."

„Das ist ganz natürlich. Das passiert in solchen

Momenten. Es ist nichts, worüber man sich Sorgen machen müsste."

„Mir passiert das nicht", brummte er.

Als ich grinste, wurde sein Lächeln noch breiter, und wir fingen beide an zu lachen.

„Wirklich, du brauchst dir keine Sorgen zu machen", meinte ich.

Seine Stimmung wurde nüchterner. „Jetzt komm, du musst dich neben mich legen."

„Das Feuer ist auf der gegenüberliegenden Seite genauso warm."

„Dein Rücken muss mir zugewandt sein. Wenn etwas angreift, wird es zuerst auf mich losgehen."

„Werden du oder Zarran nicht hören, dass etwas kommt?"

„Ich wäre beschämt, wenn ich es nicht täte." Sein scharfer Blick traf den meinen. „Ich werde alles und jeden töten, der dich anfasst."

„Und wenn es ein süßes kleines Wesen ist, wie ein Küken?" Ich wollte ihn necken, ihn testen, obwohl ich nicht wusste, warum.

Eigentlich wusste ich, warum. Ich hatte Angst, dass, wenn ich mich neben ihn legen würde, seine Finger wandern würden. Dann würde ich meine Beine spreizen, und als Nächstes würden wir uns unserer Leidenschaft hingeben. Ich wusste, dass es so kommen würde, aber ich fühlte mich schlecht, weil ich ihn so kurz nach dem Kennenlernen begehrte. Natürlich musste ich ihn erst ein wenig besser kennenlernen, bevor wir dazu übergehen konnten.

„Wenn es ein süßes kleines Wesen wie ein Küken ist, verspreche ich, es nicht zu töten." Sein strenger Blick traf den meinen. „Komm, leg dich neben mich, Gefährtin. Ich habe dir gesagt, dass ich nichts tun werde, was du nicht willst."

Und genau das war das Problem. Ich fing an zu denken, dass ich *alles* genießen würde, was er mit mir machen wollte.

Aber es war kindisch, ihm gegenüber am Feuer zu sitzen und darüber zu streiten, etwas so Normales zu tun, wie neben ihm zu liegen, damit er mich beschützen konnte.

Ich erhob mich und ging zu ihm, um mich auf die Seite zu legen, mit dem Gesicht zum Feuer.

Er ließ sich hinter mir nieder, legte seine Arme um mich und erinnerte mich wieder daran, wie viel größer er war als ich, weil er sein Kinn auf meinen Kopf legen konnte und seine Knie neben meinen Füßen lagen. Wenigstens hielt das seinen Schwanz weit außerhalb des Intimbereichs.

„Um ehrlich zu sein", flüsterte ich, „habe ich heimlich geguckt."

„Was hast du dir denn angesehen?" Das sanfte Murmeln seiner Stimme war unglaublich beruhigend. Es lullte mich ein, genau wie *er* mich einlullte.

„Deinen Schwanz."

„Und was denkst du über meinen Schwanz?"

„Er ist groß."

„Das bin ich auch", brummte er und ließ ein Gähnen folgen.

„Ich halte dich wach. Es tut mir leid." Hitze versengte mein Gesicht, aber sie kam nicht von dem knisternden Feuer.

„Das ist kein Problem. Teil mir doch deine Gedanken über meinen Schwanz mit."

„Warum?", fragte ich.

„Nenn es Neugierde meinerseits."

„Er ist dick und geädert."

„Die Adern sorgen dafür, dass das Blut fließt, was, wie du sicher zugeben wirst, wichtig ist", sagte er schroff.

„Natürlich. Er hat auch Noppen an den Seiten."

„Die vibrieren, wenn ich erregt bin."

Das war mir entgangen, aber es war faszinierend. „Wie fühlen sie sich im Inneren einer Frau an?"

„Das müsstest du eine Frau fragen, um die Antwort auf diese Frage zu erfahren."

Mein Bauch brannte vor Eifersucht, und ich wollte mit den Zähnen knirschen. „Wer hat das schon mal erlebt?", fragte ich vorsichtig.

Er gluckste. „Kein Grund zur Beunruhigung, Süße. Meine Noppen sind nur für dich."

„Du hast sie jemand anderem gegeben, sonst wüsstest du nicht, was sie tun."

„Heute ist nicht das erste Mal, dass ich meinen Schwanz berühre."

„Ja, klar", schmollte sie. Ich hob einen Kieselstein auf und warf ihn ins Feuer.

Sie ignorierte meine Geste. „Heute war auch nicht das erste Mal, dass ich meinen Körper berührt habe."

„Natürlich." Er ahmte mich nach und *verspottete* mich.

„Ich bin nicht eifersüchtig."

„Du hast auch keinen Grund dazu. Fortan verspreche ich, dass ich meine Noppen mit niemandem außer dir teilen werde."

„Nicht einmal deiner Hand?", fragte ich.

„Nun, das ist eine interessante Frage. Ich denke, die Antwort wird davon abhängen, was in den nächsten Tagen passiert."

„Was glaubst du, was in den nächsten Tagen passieren wird?"

„Ich glaube, meine liebe Gefährtin, dass du das erst noch herausfinden musst."

Ich rollte mit den Augen, widersprach ihm aber nicht. Bei dem Tempo, das wir vorlegten, würde ich ihn bis zum Ende des nächsten Tages vögeln.

„Du hast noch einen zweiten Schwanz", sagte ich.

„Du bist eine ziemlich aufmerksame Gefährtin, nicht wahr?"

„Ich bilde mich weiter."

Er stieß ein tiefes Glucksen aus. „Du bildest dich über Schwänze?"

„Nur über deinen. Bis jetzt."

„Für immer", knurrte er.

„Du bist ganz schön besitzergreifend, nicht wahr?“ Der Gedanke ließ das Blut in meinen Adern pulsieren.

„Ich teile nicht. Du gehörst mir, und du wirst dich bald an diesen Gedanken gewöhnen.“

Ich wollte protestieren, weil ich niemandem gehörte, aber ich ahnte, dass er recht hatte. „Wenn ich dir gehöre, dann gehörst du auch mir“, erklärte ich entschlossen.

„Natürlich.“ Pure Genugtuung schwang in seiner Stimme mit. „Was meinen zweiten Schwanz angeht, so nennt man ihn Sporn.“

„Vibriert der auch?“ Ich wurde schon wieder feucht zwischen den Beinen, was dumm war. Ich hatte es noch nie nötig gehabt, mich mehr als ein- oder zweimal im Monat zu befriedigen. Und schon gar nicht zweimal innerhalb weniger Augenblicke.

„Er wird sich an deiner hübschen kleinen Klitoris festkrallen und daran saugen, während ich meinen Schwanz - komplett mit vibrierenden Noppen - in dich hineinstoße.“

Ich zitterte bei der Vorstellung. Lust durchströmte mich, und ich war nicht sicher, was ich dagegen tun sollte. *Nichts*, dachte ich. Es war ja nicht so, dass ich ihn bitten konnte, seine Finger wieder in mich zu stecken.

Obwohl ich es wollte.

Kapitel 13

Odik

Ich war dankbar, als Eleri einschlief. Wenn sie weiter über meinen Schwanz reden und so zucken würde, während sie diese kleinen schnaufenden Geräusche machte, die sie von sich gegeben hatte, als ich meine Finger in sie hineingestoßen hatte, würde ich explodieren.

Schon wieder.

Oder sie dazu bringen, mich ihre Kleidung ausziehen zu lassen. Wenn sie dachte, meine Finger wären geschickt, dann musste sie erst einmal meine Zunge spüren. Ich würde an ihrem Kitzler saugen, während ich ihre glitschigen Innenwände streichelte.

Verdammt.

Mein Schwanz brannte schon wieder wegen meiner süßen Gefährtin. Ich würde dem Schicksal jeden Tag meines Lebens dafür danken, dass es sie mir geschenkt hatte.

Während sie in meinen Armen schlummerte, döste ich. Es wäre dumm von mir, tief zu schlafen, aber ich brauchte die Erholung ebenso sehr wie sie.

Ich wachte vor ihr auf, als die Sonne sich über den Himmel schob und sich auf den Weg in ihr Nachtlager machte. Ich löste mich von ihr, ging in die Hocke und schaute mich auf der Lichtung um.

Zarran, der ruhig auf seinen Hüften ruhte, sagte mir, dass sich nichts Gefährliches in der Nähe befand. Die Vox hatte ein unheimlich gutes Gehör, und er würde schnauben oder brüllen, wenn er einen Angriff witterte.

Alles in allem war es eine gute „Nacht". Wir hatten zwar die Shayde-Population dezimiert, nachdem sie die meisten unserer Weibchen getötet hatten, aber ein paar waren noch übrig. Sie hatten sich fortgepflanzt, und ihre Population wuchs wieder. Schon jetzt waren es genug, um Ärger zu verursachen, und genug, dass die Menschen immer noch unseren Schutz benötigten und uns dafür einmal im Jahr zwei Weibchen schenkten.

Es würde viele Generationen dauern, bis genügend Orklinge geboren würden, um unseren Verlust zu ersetzen, aber das waren nur Zahlen. In unseren Herzen würden wir sie niemals ersetzen können.

Ich fügte mehr Holz zum Feuer hinzu, obwohl wir es nicht zum Heizen brauchten. Jetzt, wo ich hellwach war, brauchten wir es auch nicht mehr zum Schutz. Aber die Flammen tanzten heiter und erfreuten mich, und das reichte mir als Grund.

Nachdem ich um die Wiese herumgegangen war und

gelauscht hatte, aber nichts Besorgniserregendes aus dem Wald gehört hatte, ging ich zu Zarran hinüber. Ich streichelte ihn, was er liebte, und rieb ihn mit einem dicken Tuch ab, was er ebenfalls genoss. Er knurrte und seufzte, während ich seine Schultern massierte, um eventuelle Muskelverspannungen zu lösen. Er war zwei Nächte geflogen, um das Dorf zu erreichen, und jetzt bat ich ihn, noch weiter zu fliegen. Wenn ich mich nicht gut um ihn kümmerte, konnte er nicht sein Bestes geben, um mich zu beschützen.

Und wenn die Dresalods angriffen, sobald wir die Insel erreichten, was sie öfter taten, als mir lieb war, wäre er nicht in der besten Verfassung, um mir im Kampf gegen sie zu helfen.

Nachdem ich fertig war und ihm noch einmal auf die Wangen gestreichelt hatte, drehte ich mich um und sah Eleri, die sich aufsetzte und ihr langes Haar in der Farbe eines Sonnenuntergangs neu flocht. Ich hatte noch nie etwas in dieser Farbe außerhalb von Blüten gesehen. Orks hatten durchweg schwarzes Haar, aber bei einigen Clans gab es auch Burgunder- oder Grüntöne.

Ihr Haar war lang, dicht und fiel über ihren üppigen Hintern. Ich musste zugeben, dass ich einen Teil der Nacht damit verbracht habe, mich hinter sie zu schleichen, um an den blumig duftenden Strähnen zu schnuppern.

„Kann ich in den Wald gehen?", fragte sie, als sie mit dem Flechten ihres Haars fertig war. Sie wickelte es auf den Scheitel, sodass eine Krone entstand, die zu ihrer neuen Rolle als Gefährtin des Anführers passte.

Was würde mein Volk von ihr denken? Sie wäre der erste Mensch, der auf die Insel käme, und ich fürchtete, sie würden sie nicht willkommen heißen. Obwohl nur wenige sie verschmähen würden, jetzt, da unsere Weibchen fast alle tot waren. Jeder, der bereit war, unsere Orklinge zu gebären, würde geschätzt werden.

„Natürlich." Mit meinem dicken Stab in der Hand folgte ich ihr ins Innere des Waldes. Ich drehte mich um und suchte die Gegend ab, während sie sich um ihre Bedürfnisse kümmerte.

„Ich nehme nicht an, dass es Wasser zum Waschen gibt?", fragte sie, als wir auf die Wiese zurückkehrten.

„Nur das, was wir zum Trinken haben. Wir werden einen Teil der Nacht fliegen, aber dort anhalten, wo ich den Flachmann auffüllen kann. Du kannst dort schwimmen, wenn du willst." Und ich könnte ihren Körper begaffen, wenn sie mich nicht bitten würde, mich abzuwenden.

„Ich bin noch nie geschwommen."

„Du badest doch." Sie roch süßlich, nicht nach Schweiß.

„Im Dorf habe ich mich am Fluss gewaschen, wie wir alle. Aber während andere tiefer ins Wasser gegangen sind, habe ich das nie getan."

„Warum nicht?"

Sie lächelte mich an. „Vielleicht habe ich Angst, dass mir die Fische an den Zehen knabbern."

„Wir schwimmen im Meer, das meine Heimatinsel umgibt", sagte ich.

„Wie ist das so?"

Ich löschte das Feuer, packte unsere wenigen Sachen zusammen und bereitete mich auf den Flug vor.

„Erfrischend, wenn es im Sommer heiß ist. Eisig, wenn es im Winter kalt ist."

„Vielleicht kannst du mir das Schwimmen beibringen."

„Das mache ich gern." Ich konnte mir gut vorstellen, wie ich sie in meinen Armen hielt, während sie sich an meine Schultern klammerte. Wir wären natürlich nackt, und sie würde ihre Beine um meine Taille schlingt. Ich könnte sie zu einem großen, glatten Felsen am Ufer bringen, sie hochheben und ihr dann folgen, wobei ich über sie steigen und ihren glatten Körper streicheln könnte.

Mein Schwanz erregte wieder einmal meine Aufmerksamkeit.

Ich musste wirklich aufhören, über die Brunft mit meiner Gefährtin nachzudenken, bis ich tatsächlich mit ihr schlafen konnte. Ansonsten würde ich mit einem unbequemen Stock in der Hose herumlaufen.

„Du vibrierst ja", sagte sie lachend.

„Wie bitte?", fragte ich, während ich den Beutel mit unserem Essen und Wasser über einen von Zarrans Halsstacheln hängte. So konnten wir beim Fliegen essen und trinken.

„Dein Schwanz."

„Du bist eine gute Beobachterin."

„Er ragt vorn aus deiner Hose."

„Du siehst einfach alles", sagte ich lachend. Für jemanden ohne Erfahrung war sie erfrischend ehrlich, was Sex betraf. Und so wie sie sich heute Morgen angefasst hatte ...

Ich würde lange brauchen, um das zu vergessen.

Kapitel 14

Eleri

„Willst du in den Wald gehen und dich darum kümmern, bevor wir fliegen?", fragte ich neckisch. Wir hatten uns vorhin zur gleichen Zeit vergnügt, und aus irgendeinem Grund gab mir das das Gefühl, ihn sehr gut zu kennen.

„Ich kümmere mich lieber darum, während ich dich verwöhne", erwiderte er.

Meine Haut flammte auf und Hitze versengte meine Wangen.

„Wir kennen uns nicht sehr gut", sagte ich.

„Sagt die Frau, der meine Finger Erlösung gebracht haben."

„Ich war erregt."

Er grinste. „Und ich vermute, dass du das im Moment auch bist."

Ich stampfte mit dem Fuß auf und fühlte mich sofort dumm. „Wie kannst du so etwas wissen?"

„Ich kenne dich jetzt ziemlich gut, Gefährtin.“

„Es ist rückständig, mit sexuellen Aktivitäten anzufangen, bevor wir ... na ja, unsere Nachnamen kennen. Unsere Lieblingsspeisen. Oder wissen, ob wir uns mögen.“ Obwohl ich ihn jetzt schon mochte. Ich hatte geglaubt, ich würde mich mit einem grobschlächtigen, knurrigen Ork wiederfinden, der mich zu Boden werfen und meinen Körper für sich beanspruchen würde. Dass ich ein trostloses Leben führen und ihm ein Kind nach dem anderen gebären würde, bis mein Herz versagte und ich starb.

So lauteten die geflüsterten Geschichten aus meinem Dorf.

Die Wirklichkeit sah ganz anders aus als die Albträume, die sie verbreiteten.

„Brunellon ist mein Nachname“, sagte er. „Ich liebe Fisch, und ich bin nicht wählerisch, wie er zubereitet wird.“

„Warum nicht?“

„Weil ich ein furchtbarer Koch bin.“

„Ich kann kochen. Ziemlich gut“, sagte ich selbstgefällig. Endlich hatte ich etwas, das ich diesem Ork anbieten konnte, der schon alles zu haben schien, was er benötigte.

„Und ich mag dich jetzt schon.“ Er runzelte die Haut um seine tiefgoldenen Augen und lächelte. „Können wir uns jetzt paaren?“

„Ha.“ Ich gab ihm spielerisch einen Klaps auf den Arm.

Er belohnte meine Unverschämtheit, indem er mich auf Zarrans Rücken warf und hinter mich sprang. Er zerrte mich zurück, bis ich halb auf seinem Schoß saß, und sein großer Schwanz stieß durch seinen ledernen Lendenschurz an meine Wirbelsäule. Ich nahm an, dass er solch ein Kleidungsstück trug, damit er seinen Schwanz leicht zur Paarung herausziehen konnte.

Eigentlich wollte ich gar nicht so sehr darüber nachdenken, mit wem er es in der Vergangenheit getrieben haben könnte.

Ich war natürlich *nicht* eifersüchtig.

Ein Stoß mit den Fersen, und Zarran sprang nach oben, wobei er seine Flügel ausbreitete und mit dem Wind flatterte. Im Nu schwebten wir über dem Wald, der sich endlos erstreckte, und ich streckte meine Arme erneut aus, um die Brise einzufangen.

„Ich liebe das Fliegen", sagte ich und lehnte mich in Odiks Umarmung.

„Ich bete dich an", knurrte er in mein Ohr.

Sein Schwanz war immer noch hart. Und der Gedanke daran, was er mit seinen Fingern gemacht hatte, ließ mir eine Hitze über den Rücken laufen, als wäre ein Blitz vom Himmel geschossen.

Seine Hände landeten auf meinen Schenkeln und er massierte sie. Ich war mir sicher, dass er nur so tat, um mich vor Verkrampfungen zu bewahren, aber jedes Mal, wenn seine Fingerspitzen nach innen strichen, kamen sie der Verbindung zwischen meinen Schenkeln näher.

„Du könntest genauso gut meinen Rock hochziehen

und es hinter dich bringen", sagte ich, war aber nicht verärgert. Ich fühlte mich errötet und überhitzt, und der Gedanke, mich auszuziehen und ins kühle Nass zu springen, war sehr verlockend.

Ebenso wie der Gedanke, aufzustehen und zu sehen, wie es sich anfühlen würde, wenn sein Schwanz den Platz einnehmen würde, den seine Finger heute Morgen eingenommen hatten.

Ich wusste nicht, was über mich gekommen war.

„Sanderson. Obst. Und ich mag dich auch", stieß ich hervor.

Er lachte. „Siehst du? Wir kennen uns jetzt schon ziemlich gut."

Das taten wir nicht, aber als er meinen Rock hochschob und seine Hand in mein Unterkleid gleiten ließ, wo er gekonnt meinen Kitzler fand, war mir das völlig egal.

„Sag mir, was du magst", flüsterte er in mein Ohr. Er schaukelte gegen mich und sein steifer Schwanz vibrierte. Er war in der Tat riesig. Seine Finger fühlten sich gut an, aber sie waren kleiner als dieses Ding zwischen seinen Beinen.

„Du hast gesehen, wie ich meinen Kitzler berührt habe, und du hättest noch mehr gesehen, wenn du mir erlaubt hättest, es allein zu beenden", schimpfte ich und grinste so breit, dass mir die Wangen wehtaten.

Zarran flog weiter, ohne zu bemerken, was wir taten, dem Schicksal sei Dank.

Odik rieb weiter an meinem Kitzler.

„Ich entschuldige mich. Wenn du das selbst machen willst, ziehe ich mich gern zurück und überlasse es dir." Er zog seine Hand aus meiner Unterwäsche, aber sie kam nicht weit, bevor ich sie packte und dahin zurückbrachte, wo sie hingehörte.

Gehörte? Junge, ich war schnell seinem Charme erlegen.

„Zeig mir, wie *du* mich befriedigen würdest", sagte ich.

„Das habe ich bereits getan."

„Einmal hat vielleicht nicht gereicht."

„Ich mag es, dass du so offen damit umgehst, Süße", sagte er, und schob seinen Schwanz immer noch gegen meinen Rücken.

„Bekommst du vom Reiben keinen Ausschlag?", fragte ich und erinnerte mich an seine Worte von gestern Abend.

„Es wird sich lohnen."

Ich fühlte mich sexuell nicht mutig genug, um zu behaupten, er würde keinen Ausschlag bekommen, wenn er ihn in mir vergrub.

Trotz unserer Neckereien darüber, dass wir uns kannten und mochten, hatte ich das Gefühl, dass ich mich zumindest zurückhalten sollte, bis wir sein Zuhause erreicht hatten. Unser Zuhause, nahm ich an, da ich mit ihm dort leben würde.

Er streichelte über meinen Schlitz und stöhnte. „Verdammt, bist du nass."

„Ich habe gehört, dass das etwas Gutes sein soll. Ich

möchte klarstellen, dass ich das nur *zufällig* mitbekommen habe. Ich hatte nicht viele Freunde im Dorf, also haben sie nicht mit mir über solche Sachen geplaudert, obwohl sie mit ihren Worten nicht zurückhielten, wenn ich in der Nähe war."

Man sollte meinen, ich könnte etwas sagen, das mich sympathisch erscheinen ließ, statt wie der Dorftrottel.

Zum Glück achtete er nicht auf meinen peinlichen Ausrutscher. „Das ist eine hervorragende Sache. Ich werde dafür sorgen, dass du sehr feucht bist, bevor ich dir meinen Schwanz gebe."

Er schob ein paar Finger in mich hinein, während sein Daumen sich ausgiebig um meinen Kitzler kümmerte.

Mein Stöhnen ertönte, und Zarran schien im Flug innezuhalten und sich umzuschauen.

Meine Wangen erröteten, aber wenigstens merkte das Biest nicht, dass ich es war, die das Geräusch machte.

„Später werde ich das mit dem Mund machen", sagte Odik leise, während er seine Finger in meinen Körper hinein- und wieder herausführte.

„Wie kann man das mit dem Mund machen?" Ich konnte mich kaum auf das Sprechen konzentrieren. „Deine Zunge ist nicht so lang wie deine Finger."

„Du wirst angenehm überrascht sein."

Er fuhr fort, mich mit den Fingern zu ficken, während ich mich erhob und mich hart auf seine Hand fallen ließ. Ich war so nah dran. Es würde nicht mehr lange dauern, bis ich überlaufen würde. Es erstaunte mich, dass er so schnell herausgefunden hatte, was mir gefiel. Ich hatte mehr als einen Monat gebraucht, um meinen Körper zu verstehen und mich zum ersten Orgasmus zu bringen.

Stöhnend stemmte ich mich gegen Odiks Hand. Er belohnte mich mit einem verstärkten Druck auf meinen Kitzler.

Ich würde gleich kommen.

Plötzlich durchfuhr der Orgasmus mich, und ich zitterte in Odiks Armen, wobei ich die Augen zusammenkniff, um alles andere als das Vergnügen, das er mir bereitete, auszublenden.

Sein Schwanz blieb hart, und ich nahm an, dass er pochte, aber ich war nicht sicher, was ich anbieten sollte. Wir hatten keine Möglichkeit, mehr zu tun, während wir auf Zarran ritten, selbst wenn ich dazu bereit war.

Und trotz zweier unglaublicher Orgasmen war ich mir nicht sicher, ob ich es war.

Er zog seine Finger aus mir heraus, und während ich meine Kleidung zurechtrückte, leckte er meine Essenz von seiner Hand ab. Eigentlich sollte ich entsetzt sein, dass er so etwas tat, aber alles, woran ich denken konnte, war sein Versprechen, seinen Mund dort einzusetzen, wo seine Finger gewesen waren.

Wir flogen weiter durch die Nacht und sprachen über allgemeine Dinge. Vielleicht fühlten wir uns beide überwältigt davon, wie schnell sich unsere Beziehung entwickelte.

Ich war es auf jeden Fall.

Wir flogen durch eine Lücke in einer riesigen Bergkette, und Zarran stürzte in ein großes Tal hinab. Dahinter glitzerte das Meer.

„Ich habe noch nie ein so großes Gewässer gesehen", hauchte ich. „Wir werden darüber fliegen, um deine Insel zu erreichen, nicht wahr?"

„Das werden wir." Stolz glänzte in seiner Stimme, und sie hob sich vor Aufregung. „Wir sind fast zu Hause."

Ich war sowohl nervös als auch gespannt darauf, wo ich leben würde. Würden die anderen Orks mich so behandeln, wie die Dorfbewohner es getan hatten? Solange sie sich mir gegenüber anständig verhielten, wäre es eine Verbesserung zu meinem früheren Leben.

Als sich die Sonne ihren Weg über die Welt bahnte und den Sonnenaufgang ankündigte, kamen wir an einer großen Stadt vorbei, deren Gebäude so silbern schimmerten, dass sie fast blendeten.

„Wunderschön", hauchte ich. „Es ist erstaunlich. So viele Gebäude. Und Orks, nehme ich an."

„Ja, viele. Mein Freund Jaus lebt hier, ebenso wie die königliche Familie, obwohl sie die Sommer in ihrem Palast am Meer und die Winter in den Bergen verbringen. In der Stadt leben etwa eintausend Personen. Andere wurden entlang des Meeres im Norden und Süden gebaut. Mein Clan ist der Einzige, der weit draußen auf dem Meer lebt."

„Es muss wunderbar sein, an einem solchen Ort zu leben."

Zarran flog über eine riesige Mauer, die sich zwischen der Stadt und dem Ufer erhob, und Wachen mit zahlreichen Waffen schauten auf und winkten.

„Warum gibt es so viele Wachen?"

„Sie halten nach Dresalods Ausschau."

Ich schrumpfte in Odiks Armen, obwohl ich hier eindeutig sicherer war als an Land. „Ich sehe keinen, der angreift."

„Dann ist es ein guter Tag." Sein grimmiger Ton glitt in meine Knochen.

Meine Haut kribbelte vor Angst. Bald würden wir die Insel erreichen, und ich würde nicht mehr auf der Flucht sein. Ich hatte angefangen, mich auf das Leben mit Odik zu freuen, aber jetzt war ich mir nicht mehr sicher.

Diese Welt war viel größer - und gefährlicher - als ich je gedacht hatte.

Kapitel 15

Odik

Wir ließen die Stadt hinter uns und flogen über das Meer.

„Wo sind die Inseln?"

„Wir fliegen noch ein wenig länger, bis wir sie sehen."

„Dann sind sie weit von der Stadt entfernt. Und du hast gesagt, ihr baut euer eigenes Essen an."

Wie konnte ich ihr sagen, dass wir so gut wie möglich zurechtkamen, aber dass wir ein Volk waren, das ums Überleben kämpfte? Wir besaßen unglaublichen Reichtum, nicht nur durch die Freude am Leben auf der Insel, sondern auch durch die Edelsteine, die wir im Meer um uns herum und im Land selbst abbauten. Aber das Einzige, was wir brauchten, konnten wir nicht kaufen.

„Ich hoffe, du wirst bei uns glücklich", sagte ich, anstatt das zu tun, was ich sollte. Sie würde es bald genug sehen, und in diesen letzten Momenten wollte ich sie umarmen und den Optimismus genießen, der von ihr ausstrahlte. Allzu bald würde ich den Glanz abreißen und sie dem aussetzen müssen, womit der Rest von uns lebte.

„Als ich die Festung verließ, habe ich mich verabschiedet", sagte sie. „Ich beschloss damals, nur noch nach vorn zu schauen."

„Du bist sehr mutig."

„Ich bin einfallsreich. Das musste ich mein ganzes Leben lang sein. Zur war gut zu mir. Er war der Vater, den ich brauchte. Und als er älter wurde, habe ich mich um ihn gekümmert, so wie er sich um mich gekümmert hat. Aber jetzt ist er nicht mehr da." Ihre Stimme wurde dumpf vor Schmerz. „Wie konnte sie ihm das nur antun? Er war gut und freundlich, und er hat nie jemandem etwas zuleide getan." Ihr Körper bebte, weil sie weinte, aber selbst dabei blieb sie still, als hätte sie längst gelernt, nicht aufzufallen.

Ich schlang meine Arme um sie und murmelte beruhigende Worte, obwohl ich nicht sagen konnte, ob sie halfen. Sie musste trauern, und das war oft eine einsame Angelegenheit. Das hatte ich auch getan, als ich meine Eltern während des Shayde-Angriffs verloren hatte. Damals hatte ich für mein Volk da sein und den Platz meines Vaters einnehmen müssen, anstatt mich in meiner Trauer zu suhlen.

„Es tut mir leid", sagte sie schließlich.

„Was denn?"

„Dass ich geweint habe. Ich sollte mein Kinn heben

und meine Kraft finden, so zu leben, wie Zur es gewollt hätte.“

„Es ist nichts Falsches daran, seinem Schmerz nachzugeben.“

„Weinen hat keinen Zweck.“ Sie sagte es mit einem Hauch von Stärke in ihrer Stimme.

„Sind das deine Worte oder ...?“

„Zur hielt mich, als ich klein war, wenn ich weinte. Das habe ich viel zu oft getan. Aber nein, er hat mir nie gesagt, ich dürfe nicht trauern. Aber andere taten es, und ihre gemeinen Worte bohrten sich durch meine Haut und setzten sich in meinen Knochen fest.“

Ein Knurren durchfuhr mich. „Du sagst, andere Kinder haben dich verspottet.“

Sie verkrampfte sich in meinen Armen, und ich fragte mich, ob sie dachte, ich würde sie eines Tages ablehnen wie fast alle anderen. „Nicht nur Kinder.“

Ich schüttelte den Kopf, aber ich kannte genug Erwachsene, die sich genauso verhalten hätten. Leider war nicht jeder bereit, anderen gegenüber freundlich zu sein. „Manche Wesen sind dumm. Sie stellen Vermutungen an, die auf der Oberfläche eines beruhen, und schauen nie genau genug hin, um den Kern der Person zu erkennen.“ Ich stützte mein Kinn auf ihren Kopf. „Du bist unglaublich stark, Eleri. Das musstest du auch sein, um das zu überleben, was dir als Kind passiert ist. Sieh dich an. Du hast nicht zugelassen, dass die Leute im Dorf dich für ein Verbrechen verurteilen, das du nicht begangen hast. Du bist gegangen, und das war weise. Und es hat Kraft gekostet."

„Ich habe getan, was ich tun musste."

„Das ist alles, was wir jemals tun können."

Sie schwieg einen langen Moment, vielleicht um meine Worte zu verarbeiten. „Weinst du manchmal?"

„Ich habe schon so lange nicht mehr geweint. Ich weiß gar nicht mehr, wie es geht."

„Warum nicht?"

Ich zuckte mit den Schultern. „Ich bin der Caedos meines Clans. Ich muss für sie stark bleiben, auch wenn ich es für mich selbst nicht sein kann."

„Zur sagte mir, dass alle Gefühle gleichwertig sind."

„Er muss ein wunderbarer Mann gewesen sein. Es tut mir leid, dass ich ihn nicht kennenlernen werde."

„Mir auch." Ihre Stimme zitterte, und ich wünschte, ich könnte irgendetwas tun, um ihren Schmerz zu lindern.

„Mein Angebot steht noch. Ich bin gern bereit, die Person zu töten, die deinen Freund ermordet hat."

Sie schwieg eine lange Zeit. „Sie weiß, was sie getan hat, und jetzt muss sie für den Rest ihrer Tage mit diesem Wissen leben."

„Falls du deine Meinung änderst ..."

„Das werde ich nicht." Sie drückte meine Arme, auf denen ihre Hände ruhten. „Ich danke dir. Ich hätte mir nie träumen lassen, dass ich jemals jemanden wie dich treffen würde, als ich aus dem Dorf geflohen bin."

„Ich habe gebetet, dass ich jemanden wie dich treffe."

Es war keine Schwäche, so etwas zuzugeben. „Ich bin stark für mein Volk, weil ich es sein muss. Aber wenn ich zu Hause bin, ist es schön, sich zu entspannen und der Ork zu sein, der ich im Inneren bin.“

„Ich sehe deine Stärke und deine Freundlichkeit, Odik, und beides gefällt mir sehr gut.“

Das war genug für mich.

In der Ferne tauchten die Inseln auf, ein Stück Land weit draußen im Meer.

„Ist das dein Zuhause?“, fragte sie, aber ich konnte aus ihrem neutralen Tonfall nichts herauslesen.

Die Anspannung zog sich um meine Wirbelsäule zusammen. Ich tat mein Bestes, um dafür zu sorgen, dass alle versorgt waren, aber es war nie genug.

„Die salzige Luft muss immer wunderbar riechen“, sagte sie.

„Sie ist sehr salzig.“

„Das ist neu für mich. Das Wasser ist herrlich. Kannst du es von deinem Haus aus sehen?“

„*Unserem* Haus“, sagte ich, aber ich war nicht böse. Es würde eine Weile dauern, bis sie dies als ihr neues Zuhause akzeptierte. Das war zu erwarten.

„Na gut. *Unserem* Haus.“

„Ich wohne in einem Haus mit Blick aufs Meer. Es ist schon seit ein paar Generationen im Besitz meiner Familie.“

„Sitzt du morgens draußen und grinst bei der Aussicht?“

Das hatte ich schon so lange nicht mehr getan, dass

ich mich nicht mehr erinnern konnte. „Ich habe eine Steinterrasse, auf der du sitzen kannst. Dort stehen Stühle."

„Wirst du dich zu mir setzen?"

„Ja."

Sie lehnte sich an mich, während Zarran tiefer flog. „Wo wohnt dein Vox?"

„Sobald wir absteigen, fliegt er zu seinem Nest auf einer der unbewohnten Inseln."

„Ich weiß nichts über die Vox."

„Ich werde dich zu den Brutplätzen mitnehmen, obwohl sie weit weg sind. Es ist dort sehr trocken und sandig, aber es gibt Tümpel mit Inseln, die dich überraschen werden."

Sie nickte und betrachtete das Land, über das wir flogen. „Wie viele leben auf unserer Insel?"

Ich grinste, als sie *unsere* sagte. „Dreißig. Die größte Gruppe von ihnen ist im Dorfzentrum angesiedelt. Unser Haus ist nur wenige Gehminuten entfernt."

„Eine kleine Gruppe also. Du musst jeden von ihnen gut kennen."

„Ich kenne sie so gut ich kann. Sie ... halten sich manchmal von mir fern, wie sie es bei meinem Vater getan haben. Das ist die Art zwischen dem Caedos und seinem Volk."

„Werden sie erwarten, dass ich als deine Gefährtin dasselbe tue?"

„Ich weiß es nicht."

„Wie war es mit deiner Mutter?"

„Sie hat alle angebetet." Mein Lächeln wurde breiter, wenn auch mit einem Hauch von Traurigkeit. „Und sie liebten sie."

„Und du?"

„Ich bin der Ork, der ich immer war."

Sie sagte nichts, während wir an kleinen Behausungen vorbeiflogen.

Ein paar von meinen Leuten arbeiteten draußen in ihren Gärten. Einer hob den Arm und winkte.

„Wir halten die Gärten klein. Wenn es nicht regnet, haben wir kein Wasser. Und wenn es nicht regnet, stirbt die Ernte." Genau wie wir. Oder wir zogen in die Stadt.

„Habt ihr Brunnen?"

„Der Boden ist zu steinig, um sie zu graben."

„Und das Meer? Die Inseln ragen aus einer riesigen Wasserfläche heraus."

„Es ist salzig. Es tötet die Pflanzen ab."

„Ich verstehe."

„Wir können es auch nicht trinken", fügte ich hinzu. „Aber es ist voller Fisch, sodass wir nie hungern müssen." Jedenfalls nicht wegen zu wenig Fleisch.

Wir näherten uns meinem Haus, das auf der der Stadt zugewandten Seite in Richtung Meer blickte, und Zarran ließ sich herab.

„Ich bin gespannt darauf, zu sehen, wo du - wir - leben werden."

Würde ihre Aufregung anhalten? Ich sollte mich nicht schlecht fühlen wegen der Insel, auf der ich aufgewachsen war. „Wir leben einfach."

„Damit habe ich kein Problem. Zur und ich haben uns ein kleines ... Nun, ich schätze, man könnte es eine Hütte nennen, wenn man es mit den schönen Häusern in der Stadt vergleicht. Zwei winzige Schlafzimmer, so klein, dass man kaum um die Betten herumgehen konnte. Ein offener Bereich, in dem wir kochten und abends saßen. Ich vermute, dass es jetzt jemand anderes beansprucht wird. Ich hoffe, sie schenken Zur ein gutes Begräbnis."

Sie hob den Arm in Richtung der offenen Welt jenseits der Insel, wo das tiefviolette Meer im Sonnenlicht schimmerte und nur von Schaumkronen unterbrochen wurde. „Was liegt in dieser Richtung? Noch mehr Inseln?"

„Diese Inselkette ist die letzte, soweit ich weiß. Keiner meiner Leute ist weit genug in diese Richtung geflogen, um herauszufinden, was dort draußen sein muss."

„Sie muss irgendwann enden. Hinter uns ist Land."

„Vielleicht endet das Meer nicht, bevor es das andere Ende des Landes hinter uns erreicht."

„Wie dein Volk sind nur wenige Menschen weit gereist. Es ist zu gefährlich wegen der Shaydes und wer weiß was noch alles. Warum sollten wir uns auch die Mühe machen? Alles, was wir benötigen, können wir innerhalb des Dorfes oder in der Umgebung finden."

Außer mir. Ich hoffte, sie würde das eines Tages sehen, spüren. Mich konnte man in ihrem Dorf nicht finden.

Warum hatte mein Clan diesen abgelegenen, rauen Ort zum Leben gewählt? Wenn ich ihr doch nur etwas Besseres bieten könnte. Wir könnten in die Stadt ziehen, aber dort würde ich verkümmern. Mein Herz und meine Füße waren tief mit der Insel verwurzelt, und ich konnte mir nicht vorstellen, sie zu entwurzeln.

Aber es war harte Arbeit, die benötigten Lebensmittel anzubauen. Wasser war wertvoller als Münzen. Ja, wir konnten Lebensmittel in der Stadt kaufen und auf die Insel bringen, aber es gab einen Grund, warum unsere Bevölkerung sank, anstatt zu wachsen. Uns fehlten die Frauen, aber unsere Männer zogen es trotzdem vor, die Insel zu verlassen. Sie flohen in die Stadt, um Arbeit zu finden, und erklärten zunächst, sie kämen zurück. Später sagten sie, sie würden nächstes oder übernächstes Jahr zurückkehren.

Nur wenige fühlten sich der Insel stark verbunden.

Die Alten blieben, plus ein paar abgehärtete Krieger. Und ich.

Kapitel 16

Eleri

Zarran landete auf einem breiten Stück hohen Grases, das in der salzigen Brise rauschte und schwankte. Der weite Ozean erstreckte sich hinter der Insel, soweit ich sehen konnte, und ich wusste, dass ich nie müde werden würde, ihre Schönheit zu bewundern.

Auf der Insel wuchsen Bäume, aber sie waren stumpf und dürr, wahrscheinlich wegen des sandigen Bodens und der geringen Niederschläge. Dennoch würde die Insel das hervorbringen, was in dieser Umgebung am besten überleben konnte. Wie die Orks, die hier lebten.

Und jetzt ich.

„Ist es sicher, hier herumzulaufen?", fragte ich, als Odik unsere Habseligkeiten von dem Stachel an Zarrans Hals nahm und sie über seine Schulter schwang. „Nicht jetzt, aber im Allgemeinen."

„Wir müssen uns immer vor Dresalod-Angriffen in Acht nehmen, obwohl wir sie kommen hören werden."

„Du hast erwähnt, dass sie schreien." Keine aufregenden Aussichten.

„Nicht nur das, die Klippen bestehen aus Schiefer. Wenn die Dresalods über die Oberfläche krabbeln, brechen kleine Stücke ab und klappern, wenn sie fallen. Wir hören das und wissen, dass sie klettern."

„Und während eines Sturms? Dann wäre es schwer, sie zu hören."

„Während eines Sturms verlassen sie das Meer nicht. Sie verstecken sich tief unter der Oberfläche."

„Wenigstens müssen wir uns dann keine Sorgen um sie machen." Ich runzelte die Stirn, als ich mich umsah und bemerkte, dass sich am Rande der Klippe Felsen auftürmten, die größer waren als mein Kopf. „Gehen euch die Felsen nicht aus?"

„Wir sammeln sie ein und bringen sie an die Oberfläche zurück. Es ist harte Arbeit, aber dieses einfache System schützt uns. Wie ich schon sagte, greifen die Dresalods nicht oft an, ungefähr alle sechs Monate. Aus irgendeinem Grund sind sie mehr an der Stadt interessiert."

Mehr Orks zum Fressen? Mir schauderte bei dem Gedanken.

„Sie sind rücksichtslos", erklärte er. „Unerbittlich. Und sie reißen jeden in Stücke, der ihnen in die Quere kommt. Sie fressen uns, deshalb möchte ich, dass du immer eine Waffe bei dir trägst."

Ich biss mir auf die Unterlippe und nickte. „Ich bin nicht sehr gut im Umgang mit Waffen."

„Deshalb bin ich ja hier. Aber wenn du einen siehst oder hörst, dann finde mich. Lauf, so schnell du kannst. Lauf vor ihm weg. Ich werde alles tun, was ich kann, um dich zu beschützen."

Es gefiel mir, dass er entschlossen war, mich zu beschützen, aber ich konnte nicht immerzu neben ihm schweben.

„Ich werde dich bald in die Stadt bringen, damit du dir neue Kleidung kaufen kannst", sagte er.

„Nur Stoff, wenn der verfügbar ist. Ich habe als Näherin gearbeitet und meine Stickereien sind exquisit, wenn ich das sagen darf", sagte ich stolz. „Aber ich glaube nicht, dass das hier besonders gefragt sein wird."

„Auf der Insel leben noch immer Weibchen, wenn auch weniger als Männchen. Wenn sie hier keinen Partner finden, gehen sie fort, um einen zu finden. Wir ermutigen sie natürlich, ihren neuen Partner mitzubringen."

„Ich kann auch Kleidung für dich machen", meinte ich. „Ich brauche nur Stoff, Garn und ein paar andere Dinge."

„Dann bringe ich dich dafür in die Stadt."

„Ich danke dir."

Als Zarran aufsprang und davonflog, nahm Odik meine Hand und führte mich zu dem verwitterten Gebäude mit Blick auf das Meer.

„Es ist niedlich", sagte ich und betrachtete das robuste Holzgerüst. „Es ist größer, als ich erwartet hatte."

„Es gibt nur fünf Zimmer, aber wenn es nötig ist, werde ich es vergrößern."

Mein Puls beschleunigte sich vor Vorfreude. Wie würde es wohl sein, an einem Ort zu leben, der nicht von anderen kontrolliert wurde? Wir mussten, soweit ich wusste, keine Miete zahlen und es gab niemanden, der sich anschicken würde, mir zu sagen, dass ich bald umziehen müsste. „Fünf ist mehr, als ich im Dorf hatte."

„Vielleicht beschenkt uns das Schicksal eines Tages mit Orklingen. Wir werden Platz für sie brauchen."

„Ich habe nie daran gedacht, Kinder zu haben." Warum sollte ich auch? Niemand hatte mich haben wollen. „Aber ich hätte gern ein Baby." Mein Herz schmolz bei dem Gedanken, ein Kind zu halten, es zu einem starken und selbstbewussten Menschen zu erziehen. Es zu lieben.

Und als ich mir dieses Kind vorstellte, hatte es Odiks kräftige Kieferpartie und grüne Haut.

Ich war etwas voreilig. Wir hatten noch einen weiten Weg vor uns, bevor das passieren würde, aber ich wollte mich entspannen und jeden Moment genießen, der uns in diese Richtung bringen könnte.

Er führte mich über einen von Wildblumen gesäumten, überwucherten Weg, und ich konnte mir ein Grinsen nicht verkneifen.

Er blickte auf mich herab und runzelte die Stirn.

„Das sieht ja furchtbar aus. Ich hätte etwas daraus machen sollen."

„Unkraut jäten macht mir nichts aus." In meinem Kopf spukten schon die ersten Ideen herum. Als wir an der Klippe vorbeikamen, hatte ich am Ufer Sand entdeckt. Wenn ich etwas davon hierherbringen könnte, könnte ich die Steine im Weg neu verlegen. Es wäre ein Leichtes, das Gras zu entfernen und die Blumen zum Vorschein zu bringen. „Es wird hübsch aussehen, wenn ich damit fertig bin."

Er grunzte, aber sein Stirnrunzeln blieb.

Er schwang die Tür auf und gab mir ein Zeichen, vor ihm einzutreten. „Wie ich schon sagte, es ist nicht viel."

Es war ein Zuhause. *Mein* Zuhause.

Ich blieb im Eingangsbereich stehen, und mein Grinsen wurde nicht kleiner, als ich die kleine Küche auf der rechten Seite mit dem Fenster zum Meer hin betrachtete. Auf der linken Seite befand sich ein Wohnbereich mit Sesseln, die zu groß für mich waren, aber weich aussahen, und dahinter erstreckte sich eine kleine Diele. Eine doppelte Fensterfront im Wohnbereich gab den Blick auf die hübsche Wiese frei, auf der Zarran gelandet war.

„Meine Mutter bestand auf einen Waschraum, der sich am Ende des Flurs befindet, ebenso wie drei Schlafzimmer. Dort und in der Küche gibt es eine Pumpe, aber das Wasser kommt aus dem Meer, und ist also genauso salzig wie alles andere."

„*Drei* Schlafzimmer?"

„Meine Mutter hoffte auf viele Orklinge. Leider hatten sie nur mich."

„Das tut mir leid. Du musst sie vermissen."

„Mehr als alles andere."

Er war so traurig, dass es mir leichtfiel, ihn zu umarmen. Seine Arme breiteten sich aus, als wäre er von der Geste überrascht, aber ich hatte viel Zuneigung zu geben. Als ich ihn umarmte, tätschelte Zur meine Schulter. Er hatte mir einmal gesagt, er sei kein großer Freund von Umarmungen, aber ich war auch die Erste, die ihn umarmt hatte. Weil ich gespürt hatte, dass es ihm Unbehagen bereitete, hatte ich ihn nur selten umarmt. Da die Dorfbewohner mich verachtet hatten, war ich emotional ausgehungert. Ich konnte nur hoffen, dass Odik mehr wie ich war.

Seine Arme legten sich um mich, und ich drückte mich noch fester an ihn. So weit, so gut.

Er beugte sich vor und küsste mich auf den Scheitel. „Du verwöhnst mich."

„Mit Zuneigung?" Ich grinste ihn an. „Du verwöhnst mich mit diesem schönen Haus."

„Es ist nicht schön", protestierte er. „Wahrhaftig. Du hast seine Mängel noch nicht gesehen, aber das wirst du."

Ich löste mich von ihm und humpelte in die Küche, wo ich herumwirbelte und die Arme hob. „Es ist schön und perfekt, und es wird noch besser werden." Ich würde Wildblumen in einem Gefäß auf den Holztisch stellen. Und Vorhänge für die Fenster anfertigen. Kissen für das

Sofa, und aus den Resten könnte ich Patchworkdecken für alle Betten machen.

Odik starrte mich nur an und knirschte mit dem Kiefer.

Er musste denken, dass ich verrückt war, aber in Wirklichkeit war ich einfach nur glücklich.

„Zeig mir die Schlafzimmer", sagte ich eifrig.

Ich folgte ihm den Flur hinunter, steckte meinen Kopf in den Waschraum und sprudelte praktisch über, als ich die Badewanne sah.

„Salzwasser", sagte er wieder. „Nicht vergessen. Und es ist kalt, außer im Sommer."

Ich war mir nicht sicher, wie es so hoch gepumpt werden konnte, aber ich wollte es herausfinden.

„Aber ich kann ein Bad in meinem eigenen Waschraum nehmen!", rief ich. „Ich kann das Salzwasser erhitzen, dann wird es sich wunderbar anfühlen. Kein Ungeziefer und kein Eis, das an der Oberfläche bricht, wie beim Fluss im Dorf."

Er runzelte die Augenbrauen und ging an dem kleinen Zimmer vorbei den Flur entlang und zeigte auf die beiden kleineren Schlafzimmer und das große, das das Ende des Raumes einnahm.

In der Mitte des letzteren stand ein riesiges Bett, das mit dicken Decken bedeckt war. Zwei Fenster, eines auf jeder Seite, blickten auf das Meer und die Wiese. Und an einer Wand stand eine hohe Kommode mit genügend Schubladen für uns beide.

„Mein Zimmer." Er hustete. „Jetzt auch deins."

Mir stockte der Atem. „Du erwartest, dass ich hier mit dir schlafe."

„Du bist meine Gefährtin."

„Nun gut."

Sein Stirnrunzeln vertiefte sich. „Ich habe dir gesagt, dass ich nichts tun werde, was du nicht willst. Nicht, bis du bereit bist."

Mein Körper summte bereits bei der Vorstellung, neben ihm zu liegen und ihn zu berühren.

Wie lange konnte ich mich noch zurückhalten?

Kapitel 17

Odik

Jemand klopfte an die Tür, und Eleri folgte mir zurück in den Eingangsbereich.

„Du bist da. Endlich", sagte Trilden und trat eilig ein.

„Ja, endlich", meinte Drabass und folgte Trilden.

Ich war froh, Trilden zu sehen. Drabass konnte von mir aus draußen warten. Aber ich war für alle, die auf der Insel lebten, verantwortlich, und das schloss ihn ein.

Trilden warf Eleri einen entschlossenen Blick zu, bevor er in meine Richtung nickte. „Wie ich sehe, hast du Erfolg gehabt."

Drabass grunzte, und seine Lippen kräuselten sich leicht zu einem Grinsen.

„Das ist Eleri, meine Gefährtin", sagte ich, und meine Brust blähte sich vor Stolz auf. Die Jagd war ein Erfolg gewesen - für mich. Vielleicht würde das Schicksal des Clans Trilden für die nächste Jagd auswählen? Drabass konnte von mir aus Single bleiben. Oder in die Stadt ziehen. Warum zogen nur die am meisten benötigten Männchen weg?

„Willkommen." Trilden verbeugte sich vor Eleri. „Wir haben so wenige Weibchen hier auf der Insel. Und eine Gefährtin für unseren Anführer ist erstaunlich! Wir sollten ein Clantreffen veranstalten, um dich vorzustellen, meinst du nicht, Drabass?" Er stieß Drabass mit dem Ellbogen an. Wie ich und Trilden waren sie von klein auf befreundet. Drabass hatte mich jedoch nie wie einen Freund behandelt. Es half auch nicht, dass ich seinen Vater im Kampf um die Rolle des Caedos besiegt hatte. Drabass hatte bestimmt gehofft, die Herrschaft von seinem Vater zu erben.

Offen gesagt war die Herrschaft eine Pflicht, kein Geschenk, obwohl ich bezweifelte, dass Drabass das jemals so sehen würde. Für ihn bedeutete das Amt Macht, und damit hatte er nicht unrecht. Aber die Art und Weise, wie die Macht eingesetzt wurde, machte den Unterschied. Drabass würde sie vielleicht wie ein Schwert schwingen, um andere zu zwingen, sich so zu verhalten, wie er es wollte, während ich als Vorbild überzeugte und führte, weil ich hoffte, dass andere mir dann folgen würden.

„Eine Feier klingt nach einer ausgezeichneten Idee." Ich klopfte Trilden auf die Schulter. „Du hast *endlich* gesagt? Läuft hier alles reibungslos?" Als mein Stellvertreter sprang Trilden oft für mich ein, wenn ich nicht auf der Insel sein konnte, um Probleme zu lösen.

Sein Lächeln verblasste, und er seufzte. „Drei weitere sind gegangen."

Mein Herz wurde eiskalt. „Wer denn diesmal?"

„Breard, Zainest und Zainests Sohn, Timend."

„Sie sind in die Stadt gezogen?" Damit waren nur noch siebenundzwanzig von uns auf der Insel. Bei diesem Tempo würden nur noch ich, Eleri und Trilden übrig sein, bevor das Jahr zu Ende war.

„Sie haben dort Arbeit angenommen."

Dann würden sie nicht so bald zurückkommen, es sei denn, ich könnte einen Weg finden, sie zurückzulocken, aber das war hoffnungslos. Der Lebensstil auf der Insel funktionierte nur, wenn es genug zu essen gab, um uns zu ernähren. Um Nahrung anzubauen, benötigten wir Wasser.

Manchmal wollte ich aufgeben, aber jedes Mal, wenn mein Wille ins Wanken geriet, stärkte ich meinen Geist und führte mein Volk an, wie es meine Vorfahren vor mir getan hatten. „Vielleicht überlegen sie es sich noch einmal."

Trilden zuckte mit den Schultern. „Es wäre mir lieb, wenn sie das täten."

Aber wir wussten beide, dass sie es nicht tun würden.

Drabass nickte, doch sein Blick blieb auf Eleri gerichtet, nicht auf mich. Seine Miene blieb neutral, aber es gefiel mir trotzdem nicht, dass er sie so anstarrte.

„Abgesehen davon habe ich den anderen geholfen, sich auf den aufkommenden Sturm vorzubereiten", sagte Trilden.

Welcher Sturm?

Ich schritt zum Fenster mit Blick auf das weite Meer und knurrte.

„Was ist los?", fragte Eleri, die sich zu mir gesellte.

„Ein Sturm zieht auf."

Sie runzelte die Stirn und schaute aus dem Fenster. „Ein Sturm? Draußen sieht es ruhig aus, obwohl ich nicht weiß, wie man ein so großes Gewässer wie dieses einschätzen kann. Wenn sich ein Sturm dem Dorf nähert, sehen wir dunkle Wolken im Westen, und der Wind nimmt zu und wirbelt um uns herum. Zur sagte, dass man einen aufkommenden Sturm immer daran erkennt, dass sich die Blätter an den Bäumen umdrehen und ihre blasseren Unterseiten zum Vorschein kommen."

„Sieh mal da." Ich deutete auf den bedrohlichen Streifen Dunkelheit, der sich am Horizont abzeichnete. „Es dauert noch einen Tag, bestenfalls zwei, bis er hier ist."

„Da du noch weg warst, habe ich dafür gesorgt, dass alle benachrichtigt wurden", sagte Trilden. „Wir haben damit begonnen, die Fenster im Versammlungsraum der Gemeinschaft abzudecken, und ich habe Männer zu denen geschickt, die in den abgelegeneren Gebieten leben, um sicherzustellen, dass sie Bescheid wissen und wir ihnen jede Hilfe zukommen lassen können, die sie brauchen."

„Danke." Ich war dankbar, dass Trilden mein Stellvertreter war. Hätte Drabass meinen Platz eingenommen und mit den Vorbereitungen begonnen? Ich bezweifelte es.

Eleris große Augen trafen meine. „Ich bin mir nicht sicher, was ich von einem Sturm auf See zu erwarten habe." Ein Schauer durchlief sie, und sie schlang die Arme um ihre Taille und hielt sich an sich fest.

Ich warf ihr einen ruhigen Blick zu, von dem ich hoffte, dass er sie etwas beruhigen würde. „Wir werden bereit sein, wenn er eintrifft, aber ich muss dich jetzt verlassen und mit Trilden und Drabass an den Vorbereitungen arbeiten."

„Es tut mir leid, dass ich dir deinen Gefährten so schnell wegnehmen muss", meinte Trilden zu ihr. „Ich weiß, dass du gerade erst angekommen bist."

„Ich komme gut allein zurecht", erwiderte sie in leichtem Ton. Ihr Blick sprach jedoch Bände. Sie war nervös, vielleicht wegen des Sturms. Sie wusste nicht, wie es war, auf einer Insel oder mit einem Ork-Clan zu leben.

„Lasst mich sicherstellen, dass sie sich eingewöhnt hat", sagte ich ihnen. „Dann komme ich zu euch ins Gemeinschaftszentrum."

Trilden nickte mir scharf zu, dann verbeugte er sich noch einmal vor Eleri, bevor er ging.

Drabass' Blick verweilte auf ihr, bevor er aus unserem Haus schlenderte.

„Ich führe dich erst noch herum." Ich öffnete die kalte Kiste, in der sich glücklicherweise noch Essen befand. Vor langer Zeit hatten die Orks eine Möglichkeit entdeckt, die Kälte aus der Tiefe zu leiten und sie zu nutzen, um eine Kiste aus speziellem Material kalt zu halten. In der Kiste konnten dann Lebensmittel gelagert werden, die über mehrere Tage hinweg gegessen werden konnten. „Nachdem ich mich vergewissert habe, dass alle für den Sturm gerüstet sind, muss ich fischen gehen. Wir werden genug Essen einlagern, um uns durch den Sturm zu bringen."

„Hast du ein Boot?"

„Ich fische von den glatten Felsbrocken am Rande des Meeres aus." Ich stand auf und sah auf sie herab. „Wenn du willst, nehme ich dich mit." Mein Grinsen entglitt mir. Trotz meiner Besorgnis über den Sturm war ich dankbar, dass sie bei mir war. Ich freute mich darauf, sie besser kennenzulernen.

Und sie mit in mein Bett zu nehmen.

Aber das würde noch warten müssen. Solange wir nicht bereit waren, allem zu trotzen, was das Meer uns bescheren könnte, konnte ich mich in meinem Haus mit Eleri nicht entspannen.

„Was kann ich tun, um bereit zu sein?", fragte sie und nickte heftig. Die Angst, die in ihren Augen aufgetaucht war, war verschwunden und durch Entschlossenheit ersetzt worden. Diese Frau konnte stark sein, wenn es darauf ankam.

„Ich werde die Fenster abdecken, wenn ich zurückkomme. Ich habe das schon so oft gemacht, dass es einfacher ist, es selbst zu tun, als dir zu sagen, wie du es für mich tun sollst. Ansonsten durchkämme ich die Gegend und bringe alles, was lose ist, in den Schuppen, der dicht an die Baumgruppe geschmiegt ist. Ich habe die Fundamente tief eingegraben, und der Schuppen wird sich nicht lösen, egal, wie stark der Wind ist. Wenn man lose Dinge hineinlegt, fliegen sie nicht herum und gehen verloren oder können Schaden anrichten."

„Was ist mit den Vox?"

„Sie werden den Sturm spüren und sich auf ihre Weise vorbereiten."

„Na gut. Ich werde tun, was ich kann." Sie schenkte mir ein Lächeln und schob mich zur Seite. „Geh. Tu, was du tun musst, um alles für unsere Leute vorzubereiten. Ich werde mich hier umsehen und draußen herumlaufen und alles einsammeln, was ich kann."

„Du bist unglaublich. Ich kann dir gar nicht sagen, wie sehr ich deine Hilfe schätze und ..."

„Die Tatsache, dass ich kein Wrack bin?" Sie lachte. „Innerlich schon, aber ich möchte dich nicht aufhalten. Geh und hilf allen und komm dann zu mir zurück."

„Oh, das werde ich. Darauf kannst du dich verlassen."

Ich küsste sie schnell und wünschte, ich könnte länger verweilen, dann flitzte ich durch die Tür.

Erst als ich Trilden und Drabass eingeholt hatte, wurde mir klar, dass das unser erster Kuss gewesen war.

Ich hatte kaum Zeit gehabt, ihn auszukosten.

Kapitel 18

Eleri

Nachdem ich schnell etwas gegessen hatte, ging ich nach draußen und lief zuerst um das Haus herum. Ich blieb kurz an dem Holzzaun stehen, der die Spitze der Klippe überspannte, die sich endlos über das Meer erstreckte, und merkte mir, wie glatt die Klippenwand war und wo die Felsbrocken lagen, falls ich einen greifen und fallen lassen musste.

Wenn ich einen nicht hochheben konnte, würde ich ihn über die Seite rollen.

Der dunkle Fleck am Horizont hatte sich nicht vergrößert, aber sie hatten gesagt, der Sturm würde erst in ein oder zwei Tagen kommen.

Hatten wir noch Zeit, uns vorzubereiten?

Ich hatte schon Stürme im Dorf überstanden, aber damals war Zur bei mir gewesen, und unsere Nachbarn hätten uns sicher geholfen, wenn wir in großer Not gewesen wären. Zumindest Zur. Ich war mir nicht sicher, ob sie mir jemals helfen geholfen hätten.

Hier schien es anders zu sein, zumindest, was Trilden anging. Aber Drabass? Bei ihm war ich mir nicht sicher. Er war freundlich und schien Odiks Freund zu sein, aber es hatte mir nicht gefallen, wie er mich angeschaut hatte.

Wie würde es wohl sein, unter Leuten zu leben, die mich akzeptierten und willkommen hießen? Ich hoffte, dass ich das herausfinden würde. Ich glaubte, dass ich hier eine echte Chance hatte.

Die Klippe stürzte unter mir in die Tiefe und landete auf breiten, glatten Felsen, die sich vom sandigen Ufer abhoben. Wahrscheinlich Odiks Angelplatz. Die Wellen glitten an die Felsen heran und spritzten beim Aufprall Wasser in die Luft. Es war so schön. Ich konnte mir nur vorstellen, wie tückisch es dort unten sein würde, wenn der Sturm kam.

„An die Arbeit", sagte ich mir. „Schluss mit der herrlichen Aussicht."

Ich humpelte zum Haus und nahm mir vor, in immer größeren Kreisen um das Haus herumzugehen.

Ich fand eine Harke, ein paar mit Gras bewachsene Container und einen Stapel Bretter in der Nähe der spindeldürren Baumgruppe. Ich stellte die Behälter und die Harke in den Schuppen und sicherte die Stange an der Außenseite, ließ die Bretter aber vorerst liegen, wo sie waren. Sie schienen schon eine Weile dort zu liegen und waren von der Witterung angegraut. Sie mussten schon viele Stürme überstanden haben. Ich würde Odik nach ihnen fragen, wenn er zurückkam.

Nachdem ich auf der Wiese hin und her gelaufen war und nichts weiter gefunden hatte, beschloss ich, den Weg zu nehmen, den ich im Wald gesehen hatte. Ich würde nicht weit laufen, aber es war gut für meine Beine, sich zu bewegen. Die Neugierde trieb mich an, meine neue Welt zu erkunden.

Der Pfad schlängelte sich durch den Wald und endete auf einer anderen Wiese. Auf der großen Gartenfläche konnte ich sehen, worauf Odik angespielt hatte. Ungepflegte Pflanzen in ordentlichen Reihen kämpften ums Überleben, aber die Sonne brannte sie aus. Ich pflückte die reifen Pflanzen, um sie ins Haus zu bringen, und mulchte so viele Pflanzen wie möglich mit Blättern, die ich unter den Bäumen gesammelt hatte. Der Wind würde sie wegfegen, aber bis der Sturm kam, würde der Mulch helfen, die Feuchtigkeit zu bewahren. Hier musste sich Tau bilden, genau wie in den Gärten des Dorfes, und das würde die Pflanzen ein wenig abkühlen.

Zumindest sollte der Sturm Regen bringen. Ich würde dafür sorgen, dass wir Fässer und Behälter aufstellen, um ihn aufzufangen, obwohl ich mir sicher war, ob Odik das bereits tat. Woher sollten wir sonst Trinkwasser bekommen?

Am Rande der Wiese fand ich auch eine Reihe von offenen Steinkübeln, die von Unkraut überwuchert waren, aber ich konnte mir nicht vorstellen, wozu sie dienen könnten. Vielleicht, um den Regen aufzufangen.

Nachdem ich sie vom Unkraut befreit hatte, kehrte ich zum Haus zurück. Ich trug das Gemüse in meinem Rock, den ich umgeschlagen hatte. Gab es hier auch Obstbäume, die gepflückt werden mussten? Als ich wieder nach draußen ging, entdeckte ich einen kleinen Baum mit orangefarbenen Früchten. Aber ich war mir nicht sicher, ob sie essbar oder reif waren. Ich würde warten und Odik fragen.

Da er hungrig sein würde, wenn er zurückkam, bereitete ich ihm eine einfache Mahlzeit zu und stellte den Teller in die Kühlbox.

Es war Nacht geworden, bevor Odik eintraf, und er war sichtlich erschöpft.

Nachdem er sich die Hände unter der Salzwasserpumpe am Waschbecken gewaschen hatte, ließ er sich auf einen Stuhl fallen und seufzte. Ich stellte sein Essen so auf den Tisch, dass er es erreichen konnte.

„Danke", sagte er und nahm einen großen Bissen von dem Brot mit Fleisch und Käse, das ich ihm gemacht hatte. „Das ist gut."

Ich nickte und lächelte.

„Sind alle bereit?" Ich setzte mich ihm gegenüber und fummelte an dem Tischset vor mir herum.

„Ich glaube ja. Ich werde morgen noch einmal nachsehen."

„Wenn du möchtest, komme ich mit." Ich wollte alle kennenlernen.

„Das wäre wunderbar." Er griff über den Tisch,

nahm meine Hand und drückte sie. „Ich muss mich bei dir entschuldigen."

„Wofür?"

„Unser erster Kuss war so schnell. Ich bezweifle, dass du ihn überhaupt gespürt hast."

Hitze stieg mir in die Wangen. „Wir haben die Phase des Küssens hinter uns gelassen, oder?"

„Du magst mich nicht küssen?"

Ich hatte seinen Kuss genossen, obwohl er nur kurz gewesen war. „Vielleicht müssen wir es noch ein paar Mal tun, bevor ich mich entscheide."

Er grinste. „Ich bin gern bereit, dir entgegenzukommen, Gefährtin."

Mein Lächeln verband sich mit seinem, und wieder einmal war ich dankbar, dass ich den Platz der anderen Frau bei der Jagd eingenommen hatte.

Niemand glaubte, dass aus der Jagd etwas Gutes entstehen könnte, aber sie irrten sich. Das Schicksal hatte mir das Beste geschenkt, was das Leben zu bieten hatte, und das war Odik. Ich verliebte mich bereits in diesen ernsten, freundlichen Ork, und es fiel mir leicht, ihn zu lieben. Er war wie die Wärme einer kuscheligen Decke.

Und die Wärme, die ich unter ihr finden würde.

Ich wies mit einer Geste auf meine Beute aus dem Garten, und er nickte. Sein Blick war voller Stolz, als er mich wieder ansah.

Ich liebte das Gefühl, gebraucht zu werden.

„Du warst fleißig", sagte er, während er um einen

weiteren Bissen herum sprach. „Ich weiß die Hilfe zu schätzen."

Es bedeutete mir sehr viel, ihm eine gute Gefährtin zu sein. Er schien die ganze Last des Clans zu tragen, und ich wollte ihn wissen lassen, dass er sie mit mir teilen konnte. Das Leben hier würde nicht einfach werden, das war mir schon klar, aber wenn wir uns die Arbeit teilten, konnten wir sicher Freude an dem finden, was wir taten, weil wir zusammen sein würden.

Ich erzählte ihm, was ich im Garten gemacht hatte, und erwähnte den Holzstapel.

„Der kann bleiben, wo er ist. Ich werde mich vergewissern, dass die Schwellen, die ich vor ungefähr einem Jahr am Boden befestigt habe, sicher sind, aber wir brauchen nichts davon in den Schuppen zu tragen."

„Sieh dich morgen früh um, um sicherzugehen, dass ich nichts übersehen habe."

Er nickte.

„Ich gehe angeln und dann schwimmen", verkündete er, nachdem er seinen letzten Bissen heruntergeschluckt hatte. Er stand auf, brachte seinen Teller zum Waschbecken und spülte ihn sorgfältig ab.

„Angeln im Dunkeln?" Oder schwimmen! Ich war schon am Ufer des Flusses entlang geplanscht, aber nur bei Tageslicht.

„Die Fische kommen nachts in Ufernähe, um zu fressen. Mit einem Haken und Ködern kann ich einen guten Fang machen." Er drehte sich um und lehnte sich gegen den Tresen. „Wir werden sie säubern und in der Kühlbox lagern, damit wir während des Sturms genug zu essen haben. Ich werde versuchen, genug für diejenigen zu fangen, die nicht angeln können."

„Ich habe schon viele Fische geputzt", sagte ich. „Zur war ein guter Jäger und Angler. Er verkaufte das meiste davon, und wir nutzten dieses Einkommen und das meiner Arbeit als Näherin, um alles andere, was wir benötigten, zu kaufen oder zu tauschen. Wie ich schon sagte, habe ich unsere gesamte Kleidung selbst genäht."

„Hier wird eine Näherin gebraucht. Wir kaufen unsere Kleidung in der Stadt."

„Vielleicht kann ich einen kleinen Laden eröffnen, wenn sich alles eingespielt hat." Das würde uns beiden und der Gemeinschaft zugutekommen.

„Oder du könntest ein Geschäft in der Stadt eröffnen."

„Und jeden Tag dorthin fliegen?" Ich fragte mich, wie das funktionieren sollte.

„Zarran könnte uns hinbringen. Oder ..." Er sah auf seine Stiefel hinunter. „Wir könnten die meiste Zeit dortbleiben."

Wollte er mich bereits loswerden? Nein, das konnte nicht sein. Er schien glücklich zu sein, mich hier bei sich zu haben. Vielleicht meinte er, wir würden zusammen in der Stadt bleiben.

„Denkst du daran, die Insel zu verlassen?", fragte ich vorsichtig.

„Ich liebe es hier. Sie ist seit vielen Generationen die Heimat meines Clans, länger als irgendjemand sich erinnern kann, aber jedes Mal, wenn ein paar gehen, folgen ihnen weitere, und es wird für den Rest von uns schwieriger zu überleben." Als er den Blick hob, erfüllte eine tiefe Traurigkeit seine Augen.

Meine Brust schmerzte vor Mitgefühl. „Was würdest du tun, wenn wir in der Stadt leben würden?"

„Ich könnte mich bei der Armee melden. Mein Freund Jaus ist der Befehlshaber der gesamten Flotte."

„Armee." Ich grübelte darüber nach, was das bedeuten könnte. „Ich nehme an, sie verteidigt die Stadt."

„Ja", sagte er grimmig. „Sowohl gegen Shaydes als auch gegen die Dresalods."

Und ich könnte ihn verlieren.

Ich sollte mich nicht an ihn klammern. Jemand musste die Angriffe abwehren, sonst würde keiner überleben. Trotzdem konnte ich mir nicht vorstellen, ihn zu verlieren.

„Darüber können wir später reden." Er deutete mit dem Kopf in Richtung Flur. „Lass mich ein paar Sachen zusammensuchen, dann können wir die Treppe zum Fuß der Klippe nehmen."

Ich hatte keine Treppe gesehen, aber ich hatte auch die meiste Zeit damit verbracht, die Wiesen und die Gegend um das Haus nach Dingen abzusuchen, die ich wegräumen konnte.

„Möchtest du heute Abend deine erste Schwimmstunde haben?", fragte er.

„Im Dunkeln?"

„Keine Sorge, du wirst vollkommen sicher sein."

Ich sollte mich vor der Vorstellung fürchten, dass Fische an meinen Zehen knabbern würden, oder? Aber solange Odik bei mir war, fürchtete ich nichts. „In Ordnung."

Er machte sich auf den Weg zum Schlafzimmer, drehte sich aber noch einmal um, um mir nachzusehen. „Ach, übrigens: Ich schwimme immer nackt."

Kapitel 19

Odik

Ich hatte die Bemerkung vorwiegend gemacht, um zu sehen, wie sie reagieren würde. Bis jetzt hatte sie meine Berührungen hervorragend aufgenommen, aber ich war mir nicht sicher, wie weit ich es treiben wollte – oder mich wagte, es zu treiben. Wir kamen uns immer näher. Ich war schon halb in sie verliebt.

Ich wollte mehr, obwohl ich sie niemals zu etwas zwingen würde, von dem sie nicht genauso begeistert war wie ich.

„Ich glaube", sagte sie und erhob sich von ihrem Stuhl, „ich werde lernen, nackt zu schwimmen."

Da war meine tapfere Gefährtin. Mein Herzschlag verdoppelte sich blitzschnell, und ich pfiff fröhlich, während ich zum Waschraum schritt und Trockentücher holte. Meine Angelausrüstung befand sich im Schuppen, und wir konnten sie auf dem Weg dorthin einsammeln.

Hitze schoss durch meine Adern, und mein Schwanz

erhob sich in die Höhe. Gut, dass ich immer noch einen lockeren Lendenschurz und keine Hose trug, sonst hätte ich sie zerrissen.

Als ich in die Küche zurückkehrte, wartete sie mit einem Gesichtsausdruck, den ich nicht deuten konnte. Es war keine Angst. Diese Frau hatte mehr Mut als eine Gruppe Dresalods.

Vorfreude?

Ja, das war es.

Wir verließen das Haus und hielten am Schuppen an, um meine Angelutensilien und den Behälter zu holen, in dem ich meinen Fang zum Haus zurückbringen würde. Wir würden ihn am Ufer säubern und die Eingeweide und Schuppen im Wasser lassen. Danach führte ich sie zu der Treppe, die eine frühere Generation vor langer Zeit in die steinige Felswand gehauen hatte.

„Freust du dich aufs Schwimmen oder ...?“ Ich ließ den Rest der Frage offen, damit sie sie in jede beliebige Richtung lenken konnte.

„Beides.“

Ha. Ich fand es toll, wie sie meine Mutprobe direkt an mich zurückwarf.

Vielleicht sollte ich das nicht analysieren. Ich würde es einfach so laufen lassen, wie es laufen sollte.

„Ah, die habe ich hier vorhin nicht gesehen“, sagte sie, als wir die Treppe hinuntergingen. Sie hielt die Trockentücher in der Hand, und selbst die Höhe schien sie nicht zu erschrecken, obwohl nur ein Geländer zwischen uns und dem steilen Abhang lag.

„Sie endet am Sandstrand. Die letzten zwanzig Meter sind aus Holz und können hochgezogen werden, falls die Dresalods angreifen."

„Klug."

Ich nickte. „Zum Glück können die Dresalods nicht sehr hoch springen. Ich fische die großen Felsen ab, die du vielleicht gesehen hast, falls du über die Klippe geschaut hast."

„Ja, ich habe sie gesehen. Es ist wunderschön hier, sogar nachts." Sie hielt auf der Treppe inne, neigte den Kopf zurück und betrachtete die Sterne und den Vollmond über ihr. Als sie auf das Meer zeigte, wurde ihr Lächeln noch breiter. „Schau, wie das Licht auf dem Wasser glitzert. Es mag sich ein Sturm zusammenbrauen, aber im Moment sehe ich nur Schönheit."

„Das Meer ist eine gefährliche Frau, hat mein Vater immer gesagt."

„So ein riesiger Wasserkörper. So viel Kraft."

„Wenn du es gut behandelst, wird es dich belohnen. Das hat mein Vater auch gesagt."

„Er klingt weise."

„Das war er auch. Streng, aber freundlich. Er hat meine Mutter angebetet. Ich glaube nicht, dass er ohne sie hätte weiterleben können."

„Wusste er, dass sie gestorben war?"

„Er wusste es nicht." Wir gingen weiter die Treppe hinunter. „Sie sind wahrscheinlich ungefähr zur gleichen Zeit gestorben. Er war für einen Tag in die Stadt gegangen und hatte sich der Schlacht gegen die Dresalods angeschlossen. Er wurde kurz nach ihrem Angriff getötet und seinem Vox entrissen. Ich war hier und kümmerte mich um die Angelegenheiten, die mein Vater mir anvertraut hatte. Meine Mutter war zu den Felsen gegangen, um zu fischen. Die Dresalods griffen überall gleichzeitig an, und als sie nicht zurückkehrte, suchte ich sie. Da war Blut ..." Es war überall gewesen, und von ihr war nichts mehr übrig gewesen.

Ich hasste es, auch nur ein wenig von dem auszusprechen, was ich gesehen hatte, als ich nach meiner Mutter gesucht hatte.

Eleris Hand landete auf meiner Schulter, und sie drückte sie. „Es tut mir leid. Sie wäre dankbar, dass du überlebt hast."

„Das weiß ich." Ihr Verlust brannte noch immer in meinem Bauch. Lange Zeit hatte ich mich gefragt, ob meine Anwesenheit ihre Überlebenschancen erhöht hätte. Ich hätte sie beschützen, sie in Sicherheit bringen können. Aber ich war nicht da gewesen, und ich hatte gelernt, das zu akzeptieren.

„Angeln oder schwimmen wir zuerst?", fragte sie, als wir die Treppe verließen.

„Wir gehen angeln, säubern die Fische und legen den Fang in den Behälter auf der Treppe, um ihn danach hochzubringen. Danach gehen wir schwimmen - allerdings nicht dort, wo wir die Eingeweide entsorgen. Ich kenne den perfekten Ort für dich, wo die See nicht rau ist und du dich sicher fühlen wirst."

„Dresalods?"

„Die sind immer ein Risiko, aber wir werden in der Nähe der Treppe bleiben."

„In Ordnung."

Im Mondlicht liefen wir über das kieselige Ufer und auf die breiten Felsen, die seit Urzeiten hier lagen. Ich ließ meine Vorräte auf einen Felsen in der Nähe der Stelle hinab, wo das Wasser gegen die unteren Steine plätscherte, und beobachtete das Wasser. Es gab keine Blasen oder Wellen, die darauf hindeuteten, dass Dresalods unter der Oberfläche lauerten. Für eine Weile sollte es sicher sein, aber ich würde es weiter beobachten.

„Darf ich auch fischen?", fragte Eleri.

„Ich habe zwei Angeln mitgebracht, nur für den Fall. Ich werde sie ködern und wir können sie auswerfen. Wer die meisten Fische fängt, schuldet dem anderen etwas."

Sie verzog das Gesicht. „Das klingt ziemlich ungünstig für mich."

„Was soll ich dir denn geben, wenn du die meisten Fische fängst?" Ich köderte einen der Haken und reichte ihr die Angel, während sie sich nachdenklich ans Kinn tippte.

Sie grinste schelmisch und lehnte sich dicht an mich heran, wobei ihre Handfläche auf meiner Brust ruhte. „Oh, ich glaube, ich habe eine Idee, mein lieber Ork", flüsterte sie, und ihre Stimme war voll spielerischer Andeutungen.

Ich runzelte eine Augenbraue. Meine Neugierde war geweckt.

„Erzähl mal", sagte ich, und ein Grinsen umspielte meine Lippen.

Sie biss sich auf die Unterlippe und ihre Augen funkelten. Ich hatte noch nie jemanden gesehen, der im Mondlicht so hübsch war wie Eleri. „Wenn ich die meisten Fische fange, musst du mir etwas vorsingen."

Ich lachte und genoss es, wie sie mich herausforderte. „Und wenn ich nicht gut singen kann?"

Sie zuckte mit den Schultern. „Du wirst mir trotzdem ein Ständchen bringen. Das reicht schon."

„Nun gut." Was sollte ich mir wünschen, falls ich das Spiel gewann? „Wenn ich die meisten Fische fange, musst du mit mir tanzen."

„Und wenn ich nicht tanzen kann?", witzelte sie.

„Es macht mir nichts aus, zu führen."

„Das ist überraschend."

„Dass ein Ork tanzen kann? Meine Mutter hat es mir beigebracht, als ich klein war, aber ich will ehrlich mit dir sein. Ich habe seitdem nicht mehr getanzt." Es hatte niemanden gegeben, mit dem ich je tanzen wollte, außer meiner Mutter.

Und jetzt mit Eleri.

„Ich sage dir was", sagte ich. „Wenn ich gewinne, tanze und singe ich mit dir."

„Dann kann ich dich singen hören, egal, wer gewinnt." Sie lächelte. „Das gefällt mir. Deal."

Nachdem wir unsere Angeln in die ruhige See geworfen hatten, ließen wir uns am Ende des größten und höchsten Felsens nieder und unsere Beine baumeln. Das Mondlicht schimmerte auf den sanften Wellen.

„Kaum zu glauben, dass hier bald ein Sturm wüten wird", meinte Eleri und lehnte sich an meine Seite. „Es ist ruhig und friedlich."

„So ist es immer. Die Welt lullt dich ein und lässt dich glauben, die Dunkelheit am Horizont sei nur ein Schatten. Und dann kommt der Sturm."

Während wir darauf warteten, dass die Fische anbissen, saugte ich die salzige Luft ein, die sich mit dem süßen Duft der in der Nähe blühenden Strandblumen vermischte. Das Geräusch entfernter Seevögel hallte durch die stille Nacht und trug zur friedlichen Atmosphäre bei.

„Trilden sagte, dass drei aus deinem Clan in die Stadt gezogen seien", sagte sie.

„Sie sind nicht die Ersten, wie du wahrscheinlich schon vermutet hast. Die Bevölkerung auf der Insel nimmt langsam ab und wächst nicht so, wie ich es mir wünschen würde. Wenn die meisten unserer Weibchen nicht getötet worden wären, sähe die Sache vielleicht anders aus."

„Die Dinge sehen immer besser aus, wenn das Lachen der Kinder durch die Luft schallt. Ich werde nicht der erste Mensch aus dem Dorf sein. Vielleicht binden sich Trilden und einige der anderen Männchen in den nächsten Jahren an Frauen. Sie können ihre Partnerinnen hierherbringen, und die Population würde sich langsam wieder auffüllen."

„Ich lebe für diesen Tag."

„Warum bist *du* nicht gegangen? Ich weiß, du bist der Anführer deines Clans, aber du könntest alle in die Stadt bringen, wenn ihr Leben dort besser ist."

„*Wird* ihr Leben besser sein?" Ich dachte einen Moment lang darüber nach. „Sieh dich um. Was gibt es Schöneres, als hier zu sitzen und zu fischen, während das Mondlicht auf uns herab scheint?"

„Du könntest im Mondlicht sitzen und am Ufer außerhalb der Stadt angeln."

„Aber ich würde mich nicht frei fühlen." Wie sollte ich erklären, was nur ein Gefühl war? „Die Geräusche der Stadt würden auf uns eindringen. Dort reden, lachen und bewegen sich viele Leute."

„Alles gute Dinge."

„Hier gibt es nichts außer uns und dem Meer."

„Und dem Sturm, der diese kleine Insel bald verwüsten wird."

„Wir bauen alles wieder auf, wenn es sein muss. Wir werden weitermachen."

„Ich liebe es hier jetzt schon", meinte sie. „Hier existiert eine Ruhe, ein Gefühl des Friedens, das ich im Dorf nie erlebt habe. Dort war alles überfüllt mit kleinen Häusern, die fast übereinander gebaut waren. Selbst in unserem kleinen Haus hatte ich das Gefühl, dass die Welt versucht, sich mit uns hineinzudrängen."

Vielleicht *verstand* sie es doch.

„Es gibt Arbeitsplätze in der Stadt", sagte sie.

„Ich kann mir nicht vorstellen, morgens zur Arbeit zu gehen, den ganzen Tag zu schuften, um dann am nächsten Tag dasselbe zu wiederholen. Solange, bis mein Körper erschöpft und zu müde ist, um etwas so Einfaches wie Angeln zu genießen, oder ...“ Ich schenkte ihr ein Lächeln. „Oder hier mit dir auf den Felsen zu sitzen, Eleri.“ Ich fuhr fort, bevor sie etwas sagen konnte. „Ich bin schon genug mit meinen Pflichten als Caedos beschäftigt, aber noch mehr fühle ich mich als Verwalter dieser Inseln und dieser ruhigen Lebensart. Ich tue das, was mein Vater vor mir getan hat und seine Mutter vor ihm. Was immer mein Volk benötigt, ich finde einen Weg, es zu beschaffen.“

Aber es verließen uns immer mehr, und bei jedem hatte ich das Gefühl, dass sie ein Stück meines Herzens mit sich nahmen.

„Wir müssen einen Weg finden, die Leute auf die Insel zu locken“, sagte sie mit Nachdruck. „Es ist wunderschön hier, auch wenn die Gefahr am Horizont auftaucht. Wie du sagst, können wir alles wieder aufbauen, wenn es nötig ist. In der Stadt kann es nicht viel anders sein. Der Sturm wird über uns hinwegziehen und auf sie zukommen.“

Ich wies sie nicht darauf hin, dass die Stadtmauer sie vor dem Schlimmsten schützen würde, was das steigende Meer ihnen entgegenschleudern konnte, oder dass ihre silbern glänzenden Häuser den Regen abhielten und dem Wind mit Leichtigkeit standhielten.

Stattdessen saß ich auf dem Stein und fühlte mich

unglaublich dankbar, weil ich jemanden gefunden hatte, der mich verstand.

Mein Clan-Anhänger mochte diese Frau dazu auserkoren haben, für den Rest meiner Tage neben mir zu stehen, aber sie *wollte* hier bei mir sein. Das war ein Unterschied, und ich würde alles dafür tun, damit sie sich nie anders fühlte.

Sie war der Schutz, den mein Herz brauchte.

Kapitel 20

Eleri

Wir unterhielten uns über das Inselleben, und unsere Stimmen vermischten sich harmonisch mit dem Plätschern des Wassers an den Felsen. Mein Herz schlug höher, weil ich wusste, dass dieser Mann mit seinem schnellen Verstand und seinem ansteckenden Lachen sich langsam einen Weg in die Tiefen meines Herzens bahnte. Ich warf immer wieder einen Blick auf ihn, fasziniert von der Art, wie das Mondlicht seine Gesichtszüge beleuchtete.

Die Minuten verstrichen, während wir Seite an Seite saßen.

„Ich glaube langsam, dass die Fische beschlossen haben, die Nacht damit zu verbringen, ihre Häuser für den kommenden Sturm vorzubereiten", sagte ich. „Sie beißen nicht an."

„Sie sind hier. Wir müssen sie nur anlocken. So wie ich dich, Gefährtin. Ich werbe um dich."

Er hatte recht. Es war schön, hier mit ihm zu sitzen und mit ihm zu reden. Er öffnete mir sein Herz, und ich schätzte es, dass er sich bei mir wohlfühlte.

Irgendetwas zerrte an meiner Angel, und ich keuchte, kletterte hoch und stellte mich auf den Felsen.

Vorsichtig rollte ich meine Leine ein, aber als der Haken aus dem Meer auftauchte, war er leer.

„Irgendetwas hat meinen Köder gestohlen", sagte ich und blickte finster auf das Wasser.

„Ich füge mehr hinzu." Odik kümmerte sich um meine Angel und sie trieb tiefer in das herrliche Meer.

Endlich zahlte sich meine Geduld aus.

Meine Schnur glitt aufs Meer hinaus, als hoffte der Fisch, den Köder zu stehlen, aber ich hielt sie fest und holte sie langsam ein.

„Du hast ihn!", rief Odik, der hinter mir stand und seine Hände auf meine Arme legte, bereit, mir zu helfen, meinen Fang einzuholen, falls es nötig war.

Ich zitterte vor Ungeduld.

Als ich den letzten Rest der Schnur aus dem Wasser gezogen hatte, hielt ich einen Fisch hoch, der etwa so lang war wie mein Arm. Er war so schwer, dass ich ihn nur mit Mühe lange genug in der Luft halten konnte, um mit ihm zu prahlen.

„Sieht aus, als würde ich gewinnen", neckte ich und lehnte mich triumphierend in seinen Armen zurück.

Er stöhnte auf. „Du magst gegenwärtig die Nase vorn haben, aber die Nacht ist noch jung, kleine Gefährtin."

Als ob das Meer seine Herausforderung gehört hätte,

füllte eine plötzliche Welle von Aktivität das Wasser unter uns, ein Schwarm von Fischen, die sich um seine Angel scharten.

Ich löste den Haken von meinem Fisch und legte ihn in den Behälter, dann warf ich die Angelschnur ins Wasser, während die Fische noch immer unter uns schwammen.

„Los, Köder, los!", rief ich. „Gib alles und bring mir noch einen Fisch!"

Die Zeit schien stillzustehen, als wir einen Fisch nach dem anderen an Land zogen. Unser Lachen hüpfte über das Meer und mischte sich mit dem sanften Wirbeln des Wassers auf den Felsen unter uns. Der Mond tauchte alles in ein himmlisches Licht, aber es war seine Anwesenheit, die meine Welt wirklich erhellte.

Ich war dabei, mich in ihn zu verlieben, und ich wollte mich nicht mehr zurückhalten. Er war freundlich und sanft, und er hatte eine alte Seele, die ich in meinen Händen halten und beschützen wollte. Ich hasste es, dass die Welt entschlossen war, ihn zu verletzen, und ich wollte ihm einen Ort schaffen, an dem er sich sicher fühlen konnte.

Dieser Ort würde bei mir sein.

Im Laufe des Abends lachten wir immer mehr und erzählten uns etwas aus unserem Leben. Die Waage kippte von Fang zu Fang zu seinen Gunsten.

„Wie viele Fische wollen wir denn fangen?", fragte ich, als ich meinen fünften Fisch an Land zog. Oder war es mein Sechster? „Wir werden für den Rest unseres Lebens Fisch essen.“

„Wir werden teilen. Einige, die auf der Insel leben, können sich nicht mehr so gut fortbewegen wie früher. Ich sorge für sie und tue alles, was ich kann, um ihnen das Leben leicht zu machen.“

Er schenkte allen seine Fürsorge.

Ich wollte ihm auch etwas schenken.

„Was die Anzahl betrifft, so denke ich, dass wir genug haben.“ Er blickte zurück zu dem überquellenden Container. „Wir müssen sie noch säubern, aber das kann ich tun, während du dich hinsetzt und deinen wahrscheinlichen Sieg auskostest.“

„Ich glaube, wir haben Gleichstand, obwohl das schwer zu sagen ist. Wir haben nicht festgehalten, wer was gefangen hat.“

Er lächelte zu mir herab. „Ein Unentschieden also?“

„Ich glaube schon, aber ich habe trotzdem gewonnen, weil du singen musst!“ Ich lachte laut.

Er stimmte mit ein. „Meine Mutter hat immer gesagt, ich hätte eine tolle Stimme.“

„Ich kann es nicht erwarten, sie zu hören.“

„Könnte ich dich überreden, mit der Abholung deines Siegespreises bis morgen Abend zu warten?“

„Warum nicht jetzt? Du kannst mich in den Schlaf singen oder deine Melodie mit mir teilen, während wir den Fisch putzen.“

„Ich möchte dir morgen einen schönen Abend bereiten, und Singen wird dazu gehören.“

„Der Sturm könnte bis dahin da sein."

„Wir können das drinnen machen. Ich kenne einen besonderen Ort."

Ich konnte es kaum erwarten. Jeder Moment mit Odik fühlte sich besser an als der letzte, und ich begann zu glauben, dass dies die Zukunft war, auf die ich mich freuen konnte.

Er reichte mir unsere Angeln und hob den Container an, wobei seine Muskeln vor Last angespannt waren. Ich bezweifelte, dass ich ihn heben könnte, aber er schritt mit Leichtigkeit den Felsen entlang und sprang auf das felsige Ufer hinunter.

Wir säuberten die Fische, eine Aufgabe, die keinen Spaß machte. Nachdem wir den Behälter ausgespült hatten, legten wir unseren Fang hinein, und er verschloss den Deckel.

„Lass uns das ins Haus bringen und den Fisch in der Kühlbox aufbewahren. Ich habe noch eine zweite im Schuppen, die wir benutzen können, wenn wir sie brauchen." Er lächelte zu mir herunter. „Und dann, meine Hübsche, wird es Zeit für deine Schwimmstunde."

Kapitel 21

Odik

Wir legten den Fisch in die Kühlbox, und ich war dankbar für unseren großen Fang. Das würde reichen, um nicht nur uns durch den Sturm zu bringen, sondern auch all die anderen, die ich unterstützte. Tagsüber hatte ich dafür gesorgt, dass ihre Häuser sicher waren, indem ich die Fenster abgedeckt und alles festgebunden oder ins Haus gebracht hatte, was der Sturm stehlen könnte. Es war wichtig, regelmäßig nach ihnen zu sehen, und ein Sturm war ein guter Vorwand dafür.

Nachdem wir uns am Waschbecken die Hände gewaschen hatten, drehte ich mich um und lehnte mich gegen den Tresen.

„Wir haben die Trockentücher unten auf den Felsen liegen lassen", sagte Eleri, ihr Gesicht offen und fröhlich im Licht der Flüster-Laternen. Ich durchquerte den

Raum und pustete in die Laternen, damit sie weiter leuchteten.

„Wir holen sie auf dem Weg zum Schwimmen wieder ab."

Ein Lächeln huschte über ihre Lippen. „Wo werden wir schwimmen? Das Meer war jenseits der Felsen ruhig, aber als ich über die Klippen schaute, sah ich an einigen Stellen Gischt aufsteigen. Müssen wir uns keine Sorgen machen, dass wir an die Felsen gedrückt werden?"

„Ich zeige dir, wo es sicher ist, Gefährtin." Ich nahm ihre Hand und führte sie wieder nach draußen und die Treppe hinunter. Aber anstatt nach links zu den Felsen zu gehen, führte ich sie am Ufer entlang nach rechts, bis zur Spitze und um sie herum.

„Es ist so schön", sagte sie und schaute vom Meer zu mir.

„Willst du sagen, dass ich schön bin?", stichelte ich.

„Sehr sogar." Sie lachte, und ich bewunderte, wie zufrieden sie schien, einfach mit mir zusammen zu sein. Ich konnte mir ein langes, glückliches Leben mit ihr vorstellen. Es würde vielleicht nicht leicht werden, aber wir würden jede Herausforderung gemeinsam meistern.

„Ich glaube, du bist die Schöne, nicht ich."

„Du bist süß, Odik. Ich hatte Angst davor, was mich erwartet, wenn ich die Festung verlasse, aber was ich mit dir gefunden habe, ist viel mehr, als ich mir je hätte vorstellen können."

„Ich glaube nicht, dass du dachtest, dass du bei den Orks etwas Gutes finden würdest."

„Die Menschen irren sich, was euch angeht. Ich werde es ihnen sagen, wenn ich jemals zurückkehre." Ein Schatten glitt über ihr Gesicht und raubte ihr die Freude. „Natürlich *kann* ich niemals zurückkehren. Sie denken, ich hätte Zur ermordet. Sie werden mich verhaften."

„Wenn es eine Möglichkeit gäbe, deinen Namen reinzuwaschen, würde ich es tun."

„Ich danke dir." Sie zuckte mit den Schultern. „Ich hasse es, dass die wenigen Menschen, die ich als Freunde bezeichnen kann, glauben, ich könnte so etwas Schreckliches tun. Sie wussten, dass ich ihn liebe." Sie hob ihr Kinn. „Und weißt du was? Ich wette, sie glauben nicht, dass ich es getan habe, und ich hoffe, sie sagen es mir eines Tages."

Das hoffte ich auch. Wir könnten ins Dorf zurückkehren, und sie könnte ihnen in der Sicherheit des Waldes erzählen, was vorgefallen war, aber würde das einen Unterschied machen? Falls sie ihr nicht glaubten, würden sie versuchen, sie zu fangen. Ich würde meine Gefährtin nie in Gefahr bringen.

Weil ich sie liebte.

Das Gefühl hatte sich so leicht in mein Herz geschlichen, als hätte es gewusst, dass ein Stück fehlte, und nur darauf gewartet, dass sie das fehlende Teil an seinen Platz schob. Manche würden sagen, dass es zu schnell und plötzlich geschehen war, aber so war das nun einmal mit Schicksalsgefährten.

„Wohin bringst du mich?", fragte sie mit einem leisen Lachen.

Ich war froh, dass sie ihre Traurigkeit abschütteln und sich auf das Jetzt konzentrieren konnte.

„Es ist nicht mehr weit." Ich führte sie einen kleinen Hügel hinauf und auf der anderen Seite hinunter, wo wir uns einer Reihe flacher Felsen näherten, wie die, von denen wir gefischt hatten.

„Springen wir hier rein?" Sie erschauderte. „Ich bin mir nicht sicher, ob ich bereit bin, ins Meer zu springen und direkt einzutauchen."

„Wir gehen dorthin, wo es flach und sicher ist."

„In diesem riesigen Gewässer? Wir haben ein paar ziemlich große Fische gefangen, und das sagt mir, dass die Dinger, die sie fressen, größer sind als die, die wir gefangen haben."

„Es gibt riesige Fische im Meer. Ich habe sie im Frühjahr gesehen. Sie wandern, und wenn sie in riesigen Schwärmen vorbeiziehen, springen sie aus dem Wasser und platschen wieder zu ihren Freunden. Ihre Haut ist glatt, nicht geschuppt. Die Oberseite ihres Körpers ist dunkelviolett und die Unterseite blasser."

„Ich kann es kaum erwarten, sie zu sehen, aber offen gesagt, möchte ich nicht mit ihnen schwimmen."

„Das wirst du auch nicht."

Wir überquerten eine Reihe großer flacher Felsen und blieben in der Mitte stehen.

„Ein Pool!", rief sie aus. „Er liegt mitten in den Felsen, aber ich kann sehen, dass das Wasser an der Vorderseite der Felsen hochspritzt und es gefüllt hält."

Ihr Blick folgte dem wassergefüllten Kanal bis zu den Felsen und sie zeigte auf ihn. „Ist das eine Höhle?"

„Sie ist seicht." Als ich jung war, hatte ich jeden Teil der Insel erkundet. „Leider gibt es in dieser Richtung nichts Aufregendes." Ich griff nach dem Band an meinem Lendenschurz. „Bist du bereit für deine erste Schwimmstunde?"

„Ich vermute, du hast mehr als nur Schwimmen im Sinn, Gefährte."

„Ist das in Ordnung für dich?" Sie hatte mir den Eindruck vermittelt, dass sie sich in mich verliebte, so wie ich mich in sie, aber vielleicht war sie noch nicht bereit, die Sache weiter zu verfolgen.

„Das bin ich." Sie hob ihr Oberteil über den Kopf und warf es zur Seite, sodass ihre herrlichen Brüste zum Vorschein kamen.

Während ich das Leder herunterzog und es auf den Felsen fallen ließ, schlüpfte sie aus ihrem Rock und legte ihn vorsichtig neben ihr gefaltetes Oberteil.

Ihre Schuhe gesellten sich zum Rest ihrer Kleidung, und sie richtete sich auf, das Kinn leicht angehoben. „Mein Bein sieht schlimm aus. Bitte sieh es nicht an."

„Ich habe es gesehen, als ich es massiert habe, weißt du noch?"

„Da war es dunkel."

„Jetzt ist es auch dunkel." Ich ließ mich vor ihr auf die Knie fallen, sodass wir uns auf Augenhöhe befanden. „Ich sehe Narben, aber das sind Abzeichen des Mutes. Sie zeigen mir, dass du eine Kämpferin bist, dass du nicht aufgibst, dass du es immer wieder versuchst, egal, was dir passiert." Ich begegnete ihrem Blick und hoffte, dass sie die Ehrlichkeit in meinem sehen konnte. „Ich schätze jeden Teil von dir, auch deine Narben."

„Du bringst mich noch zum Weinen." Ihre Lippen zitterten. „Ich hasse meine Narben nicht per se. Sie sind ein Teil von mir und ich akzeptiere mich, wie ich bin, abgesehen von meinem Hinken und dem Wunsch, mein Bein möge besser funktionieren. Aber was soll ich dagegen machen? Es ist ja nicht so, als könnte ich es ändern."

„Du bist wunderschön", sagte ich voller Bewunderung. „Ich kann immer noch nicht glauben, dass du mich überhaupt anschaust."

Als ich mich erhob, trat sie direkt an mich heran, und unsere Haut berührte sich. „Du bist perfekt. Stark, freundlich und hinreißend."

„Männer sind nicht hinreißend", meinte ich lächelnd. „Wir sind gut aussehend oder vielleicht markant. Aber nicht hinreißend wie du."

„Es scheint, dass wir einander bewundern. Das reicht doch, oder nicht?"

„Ja." Ich fühlte mich geehrt, diese Frau als meine Gefährtin zu haben, und ich würde jede einzelne Verabredung mit ihr genießen, die das Schicksal uns schenkte.

Ich konnte nicht glauben, dass wir hier nackt standen und nur redeten. Sie war wunderschön, mit ihren üppigen Kurven und ihrer cremefarbenen Haut, die sich so sehr von meiner grünen Haut unterschied. Ihre Brüste waren hoch und rund, und ich wollte an ihren Nippeln saugen. Aber obwohl ich sie mit dem Nacktschwimmen necken wollte, hatte ich nicht vor, es zu weit zu treiben. Ich würde ihr die Entscheidung überlassen, was wir heute Abend machten.

„Wie planst du mir das Schwimmen beizubringen?", fragte sie und schlang ihre Arme um ihren Körper.

„Ist es dir unangenehm, mit mir nackt zu sein?"

„Das sollte es, oder? Aber wir haben schon einiges gemacht. Nicht alles, aber wir haben beide Teile des anderen gesehen. Das hier ... geht nur noch ein wenig weiter."

„Wenn es dir lieber ist, mit Kleidung schwimmen zu lernen, können wir unsere Hemden tragen."

Sie strich mit der Fingerspitze über meinen Bauch, und Blut schoss in meinen Kopf und meinen Schwanz. Ihr Lächeln wurde noch breiter, als sie mit einer Fingerspitze über meine Länge strich.

„Groß", meinte sie. „Dick. Eines Tages wirst du mir zeigen müssen, was du damit anstellen kannst."

„Sag nur ein Wort, Gefährtin, und ich werde es tun."

Als sie zu mir aufsah, war ihr Blick voller Schalk. „Zuerst schwimmen. Danach können wir über andere Aktivitäten sprechen."

Hervorragend. „Was die Art und Weise betrifft, wie ich es dir beibringen werde", sagte ich, und versuchte, den Wunsch, sie zu berühren, in Zaum zu halten, „ich werde dich im Wasser festhalten und dir zeigen, wie du den Kopf über der Oberfläche halten kannst, und dann zeige ich dir langsam, wie du dich bewegen musst, wenn du den Rest des Meeres herausfordern willst."

„Was ich heute nicht tun werde, oder?"

„Vielleicht können wir damit bis morgen warten", stichelte ich.

Sie legte den Kopf schief. „Willst du während des Sturms Schwimmen gehen?"

„Vielleicht warten wir bis ein oder zwei Tage nach dem Sturm."

Sie packte meinen Unterarm. „Ich weiß nicht, warum, aber ich hatte schon immer Angst vor tiefem Wasser."

„Vielleicht hast du dir so dein Bein verletzt?"

„Ich weiß es nicht mehr." Ihr Achselzucken ließ ihre Brüste wackeln. Äußerst ablenkend. „Entweder war ich zu jung, oder ich habe es aus meinem Gedächtnis verdrängt."

„Willst du es wissen?"

„Manchmal, ja. Habe ich eine Dummheit begangen, war es ein Unfall oder hat jemand versucht, mir etwas anzutun? Ich weiß es einfach nicht." Sie zuckte mit den Schultern. „Es ist auch nicht mehr wichtig."

„Manchmal ist es am besten, wenn man die Dinge, die man nicht ändern kann, einfach loslässt."

„Da hast du recht." Sie trat zurück und starrte auf das Meer, das sich ewig zu erstrecken schien. „Die Wolken ziehen auf und werden stärker. Der Sturm wird groß."

Ich stellte mich hinter sie und umarmte sie, genoss das Gefühl, wie sich unsere Körper berührten. Ich sehnte mich danach, in ihr zu sein, aber es war auch schön, sie einfach zu halten. „Als ich noch jung war und der Mantel der Führerschaft noch nicht auf meinen Schultern lag, habe ich Stürme geliebt."

„Hast du jetzt Angst vor ihnen?"

„Nur vor dem, was sie meinen Leuten antun können. Stürme haben etwas Unheimliches an sich. Mein Vater kam immer zu den Felsen, wo wir bei Ebbe fischten. Wir standen dort und forderten die Wut des Sturms mit erhobenen Armen und Stimmen heraus."

„Ich verstehe. Es geht darum, etwas zu tun und nicht nur zuzulassen, dass der Sturm über einen hinwegfegt, während man sich duckt."

„Ganz genau. Wenn bei einem Sturm die Flut kommt, bedeckt das Wasser die Felsen. So auch dieses Becken. Es schwemmt gegen die Höhle, die du erforschen wolltest."

„Gibt es noch andere Höhlen auf der Insel?"

„Wenn es sie gäbe", sagte ich, „dann hätte ich sie schon gefunden. Ich habe einen Großteil meiner Kindheit damit verbracht, jeden Winkel der Insel zu erforschen. Ich fing an, das Gleiche mit den unbewohnten Höhlen in der Nähe zu tun, bis mein Vater mich eines Tages bei der Rückkehr in seinem Boot erwischte und mir eine Ohrfeige verpasste, weil er mir sagte, ich solle nie wieder allein zum Meer gehen."

„Wie alt warst du damals?"

„Zehn."

Sie lachte, drehte sich in meinen Armen um und sah

zu mir auf. „Ich glaube, ich hätte dich auch gescholten, wenn du mein Sohn gewesen wärst."

Ich zuckte mit den Schultern. „Meine Mutter war oft im Dorf unterwegs. Mein Vater war immer mit dem Clan beschäftigt. Ich unterhielt mich selbst."

„Das tut mir leid. Ich kann mir vorstellen, dass du einsam warst."

„Es gab hier andere Orklinge, mit denen ich spielte, aber ich war auch gern allein." Ich deutete mit dem Kinn auf das Becken. „Aber genug davon. Setzen wir uns erst einmal an den Rand und lassen die Füße ins Wasser baumeln."

Sie lachte wieder, als wir das taten, und zeigte auf die Stelle, an der ihre Füße weit über dem Wasser schwebten. „So viel zum Thema Füße baumeln lassen. Ich bin einfach zu klein."

Ich rutschte vom Felsen ins erfrischend kühle Wasser und stellte mich mit den Armen zu ihr, wobei ich mich mit den Füßen in den Untergrund grub, um meine Position zu halten. „Spring rein und ich fange dich auf."

Ein süßes Stirnrunzeln machte sich auf ihrem Gesicht breit. „Wie ist die Temperatur?"

„Kühl. Wunderbar."

„Das ist eine Frage der Perspektive. Einige der wohlhabenderen Dorfbewohner hatten Wannen und ließen sich von Dienern heißes Wasser bringen, um sie zu füllen. Ich kann mir nicht vorstellen, wie es ist, in heißem Wasser zu baden."

„Vielleicht wirst du es eines Tages herausfinden." Ich

könnte das Meerwasser erhitzen. In der Stadt eine Wanne kaufen. Das wäre eine wunderbare Überraschung.

Sie hüpfte zu mir in den Pool und kreischte, als ihr Körper ins Wasser glitt. Sie wippte, klammerte sich an meine Schultern, und ich wurde wieder einmal daran erinnert, dass wir keine Kleidung trugen.

Ich fuhr mit meinen Fingern an ihren Seiten entlang, und sie erschauerte, wobei ihr Blick auf meinen Mund fiel.

„Ich finde es toll, dass wir so auf der richtigen Höhe sind, um uns zu küssen, aber es ist so kalt", meinte sie zitternd.

„Küssen, sagst du? Willst du mich von meiner Schwimmstunde ablenken?" Als ob sie sich dafür anstrengen müsste. Ich konnte mich nicht zurückhalten, ihre Brüste und ihren knackigen Hintern zu berühren. Ich wollte ihre Beine spreizen und sie dort berühren.

„Warum sollte ich dich ablenken wollen?" Ihre Augen funkelten verschmitzt. „Ich lebe auf einer Insel, die von Wasser umgeben ist. Es ergibt Sinn, dass ich schwimmen lerne, meinst du nicht?"

Da ich ihr nicht widerstehen konnte, küsste ich sie und strich mit meiner Zunge über ihre Lippen, bis sie mir vollen Zugang gewährte.

Das war unser erster richtiger Kuss, und ich wollte ihn auskosten.

Mit einem Stöhnen umklammerte sie meine Schultern und presste ihren Körper an meinen.

Ich strich mit meiner Zunge über ihre Lippen, und sie ließ mich eindringen. Unsere Zungen glitten ineinander, wie auch unsere Körper.

Scheiß drauf. Ich ließ meine Finger über ihre Brust gleiten und rollte ihre Brustwarze.

Mit einem Keuchen löste sie sich von mir, aber ihre Augen waren dunkel vor Verlangen. „Ich glaube, du bist derjenige, der für Ablenkung sorgt."

„Soll ich aufhören?"

„Ich mag es. Es wäre eine Lüge zu behaupten, dass es mir nicht gefällt."

„Wir sind wegen deines Schwimmunterrichts hier." Und es war wichtig, dass sie es lernte. „Was hältst du davon, erst zu schwimmen, und dann zeige ich dir das Vergnügen?"

„Vielleicht sollten wir die Stunde ausfallen lassen."

Hitze durchströmte mich, aber der Sturm war im Anmarsch. Das würde für Tage das letzte Mal sein, dass wir ins Wasser konnten.

Es war dumm von mir, ihr Angebot nicht anzunehmen, aber ich wollte nicht, dass sie dachte, ich hätte sie mit dem Gedanken, sie auszuziehen, hierhergebracht, nur um die Situation auszunutzen. Mein Schwanz schrie, dass es längst an der Zeit war, sie einzufordern, aber ich hatte Prinzipien.

„Ich gebe dir eine kurze Unterrichtsstunde." Nichts konnte mir die Vorstellung, meine Gefährtin zu beanspruchen, aus dem Kopf schlagen.

Sie schmollte und schob ihre Unterlippe auf verführerische Weise vor. „Du bist ein Quälgeist."

„Aber du bist doch jetzt ganz entspannt im Wasser, oder?

Sie schnaubte. „Schon."

„Ich *bin* ein Quälgeist, aber ich bin auch entschlossen", sagte ich. „Wir sind von Wasser umgeben. Du musst zwar nicht regelmäßig schwimmen, wenn du nicht willst, aber du solltest es können. Die Lektionen, die ich dir gebe, könnten sich eines Tages als überlebenswichtig für dich erweisen."

„Du hast recht." Sie warf mir einen reumütigen Blick zu. „Was kommt als Nächstes?"

„Ich möchte, dass du mich loslässt und dich an den Steinen an der Seite festhältst. Sie werden dir helfen, dich sicher zu fühlen, während du schwimmen lernst."

„Ich könnte mich an dir festhalten."

Und mit meiner zerbrechlichen Selbstbeherrschung spielen? Nur mit Mühe konnte ich mich daran erinnern, warum wir hier waren, statt mich auf ihren köstlichen Körper konzentrieren.

„Könntest du", erwiderte ich. Ich schüttelte den Kopf und zwang mich, mich zu konzentrieren. „Es kann sein, dass du irgendwann allein schwimmen willst, aber bitte tu das erst, wenn wir beide von deinen Schwimmfähigkeiten überzeugt sind."

„In Ordnung." Sie löste ihren Griff um meine Schultern und griff nach dem Rand der Felsen. Ihre Finger umklammerten sie fest und ihre Knöchel wurden weiß von der Anstrengung.

„Du machst das toll." Ich folgte ihr und blieb eine Armlänge von ihr entfernt, bereit, sie festzuhalten, falls etwas schiefgehen sollte. Ich wollte, dass ihre erste Lektion Spaß machte. Wenn ich ihr zeigen konnte, wie sie die Bewegungen ihres Körpers im Wasser kontrollieren konnte, anstatt sich vom Wasser kontrollieren zu lassen, konnte sie darauf aufbauen. „Es ist gesund, Angst vor dem Wasser zu haben, aber du wirst ihm zeigen, dass du der Boss bist."

Sie klatschte auf die Oberfläche. „Kapiert, Wasser? Ich habe hier das Sagen."

„Genau."

Mit jeder Welle glitt das Wasser über die Felsen und floss in das Becken, um dann mit der Strömung durch die Kanäle zwischen den riesigen Felsbrocken zurückgesaugt zu werden.

Ich legte eine Hand auf ihren Rücken und rieb sanft kleine Kreise zwischen ihren Schulterblättern.

Ihre Muskeln entspannten sich, und sie lehnte sich gegen meine Hand.

„Ich bin für dich da. Ich werde nicht zulassen, dass etwas Schlimmes passiert."

„Was soll ich jetzt tun?"

Ich verringerte den Abstand zwischen uns, legte meinen Arm um ihre Taille und presste meinen Körper gegen ihren. „Zuerst musst du dich leicht nach vorn lehnen und darauf vertrauen, dass das Wasser dich stützt. Genau so." Ich machte es vor und neigte meinen Körper, um ihr die Position zu zeigen.

Sie tat es mir gleich und ahmte meine Bewegungen zaghaft nach. In ihrem Haar glitzerten Wassertropfen und umrahmten ihr Gesicht wie dunkle Ranken. Ich widerstand dem Drang, sie wegzustreichen, und konzentrierte mich stattdessen darauf, ihr das Schwimmen beizubringen.

„Tritt mit den Beinen in einer Hin- und Herbewegung. Du kannst auch deine Arme benutzen, indem du sie weit ausbreitest und sie durch das Wasser wirbelst. Beides wird dich über der Oberfläche halten." Ich machte es ihr vor, indem ich mit den Füßen strampelte und den Arm bewegte, bis sich das Wasser kräuselte.

Sie machte es mir nach, wobei ihre Beine anfangs unbeholfen schlugen, aber allmählich einen Rhythmus fanden. Das Wasser spritzte, als sie an Selbstvertrauen gewann, und ihr Lachen mischte sich unter das Geräusch.

„So ist es gut." Ich packte sie fester an der Taille. „Du machst das toll."

Wir übten weiter und sie ließ sich vom Auftrieb des Wassers tragen, während ich ihre Bewegungen lenkte. Jedes Mal, wenn sie sich abmühte oder schwankte, sprach ich ihr Mut zu und korrigierte sie sanft. Meine Hände wanderten an ihren Seiten entlang und schenkten ihr sowohl eine ständige Präsenz als auch eine subtile Beruhigung.

Ihre Bewegungen wurden immer sicherer, als wäre sie für dieses Element geboren worden.

„Das ist erstaunlich." Sie neigte ihren Kopf zurück und erhob ihre Stimme. „Ich liebe das Wasser!" Sie plätscherte spielerisch und warf Tröpfchen auf, die das gedämpfte Licht wie Sternschnuppen einfingen. Der frische Duft des Meeres erfüllte die Luft, und ich konnte mir ein Grinsen nicht verkneifen.

„Du kommst in dieser Lektion schneller voran, als ich erwartet habe", sagte ich.

Sie schnaubte. „Dachtest du, ich schaffe es nicht?"

„Ich glaube nicht, dass es irgendetwas gibt, was du nicht schaffst, wenn du es dir in den Kopf setzt, Eleri." Es hatte etwas unbestreitbar Schönes, ihr dabei zuzusehen, wie sie ihre Ängste überwand und sich auf diese neue Erfahrung einließ. Ich grinste stolz und mein Herz schwoll an vor Liebe zu dieser Frau, die mein Ein und Alles geworden war.

Ich zeigte ihr eine einfache Technik, mit der sie sich durch das Wasser bewegen konnte, und sie war zunächst etwas ungelenk, gewann aber schnell an Kompetenz, während sie von einem Ende des Beckens zum anderen glitt.

Schließlich setzte die Müdigkeit ein. Ich spürte, dass ihre Muskeln sich schwer anfühlen mussten, und zog sie zu mir zurück. „Gut gemacht, Gefährtin. Halt dich an mir fest. Es ist Zeit für dich, dich auszuruhen."

Sie lehnte sich in meiner Umarmung zurück und

seufzte zufrieden, wobei sich ihr Brustkorb im Einklang mit dem meinen hob und senkte.

„Danke, dass du mich unterrichtet hast", murmelte sie mit weicher, müder Stimme.

Ich drückte ihr einen Kuss auf den Scheitel und dann auf die Schläfe und genoss den Geschmack des Salzwassers, das sich mit ihrer Haut vermischt hatte. „Es war mir ein Vergnügen, meine Liebste. Ich werde es immer wieder tun."

Ich hob sie aus dem Pool auf die Felsen, dann gesellte ich mich zu ihr. Wir ließen erneut unsere Beine über dem Wasser baumeln.

Während die kühle Brise über meine Haut tanzte, genoss ich den Moment, eingehüllt in das Nachglühen ihres Erfolgs.

Kapitel 22

Eleri

Ich hatte mich noch nie in meinem Leben so lebendig gefühlt.

„Das Wasser ist toll", sagte ich. „Mein Bein hält mich nicht zurück, wenn ich schwimme oder treibe." Es war schneller müde geworden als das andere, aber wenn ich weiter übte, würde es dann nicht vielleicht stärker werden? „Ich werde jeden Tag schwimmen, bis ich der beste Schwimmer auf der Insel bin."

„Bis dahin hast du noch einen weiten Weg vor dir, aber ich weiß, dass du es schaffen kannst." Er lächelte auf mich herab.

Ich lehnte mich an seine Seite. Wie dumm es von mir gewesen war, mir Sorgen darüber zu machen, dass ich mit einem Ork gepaart werden würde. Stattdessen hatte ich meine andere Hälfte gefunden, die eine Person, der mich vervollständigen konnte.

Er küsste mich erneut, und ich kletterte auf seinen

Schoß und presste meinen Körper an seinen. Unsere Haut war glitschig vom Wasser, und wir glitten zusammen weiter. Die Reibung unserer Körper verursachte eine Hitze tief in mir.

Wie würde es wohl sein, ganz mit ihm zusammen zu sein? Ich hatte das Gefühl, dass ich das bald herausfinden würde.

Mit einem Stöhnen legte er mich auf den Felsen und küsste mich. Er schenkte mir ein unglaubliches Gefühl. Ich hatte bisher nur einen Mann geküsst, und der hatte schlechte Zähne und Mundgeruch besessen. Odik zu küssen war, als würde man von einer steilen Klippe springen oder auf dem Rücken seines Vox' durch die Luft schweben.

Sein Mund wurde immer drängender, während seine Finger meinen Körper streiften. Er neckte meine Brustwarzen, bis sie reife Knospen waren, die nach seiner Berührung lechzten.

Ich schlang meine Beine um ihn, hielt mich fest, und ein Kribbeln durchfuhr mich, als er seinen steifen Schwanz gegen meine Klitoris drückte. Er hatte mich in ein bedürftiges Wesen verwandelt, aber ich spürte, dass er mir alles geben würde, wonach ich mich sehnte.

Als er meinen Mund verließ, küsste er meinen Hals hinunter, knabberte und biss hinein, ohne die Haut zu verletzen. Er markierte mich auf eine langsame, einfache Weise als sein Eigentum.

Ein Stöhnen entrang sich mir, und als er mich mit

leidenschaftlichen Augen ansah, wusste ich, dass ich alles tun würde, um ihn glücklich zu machen.

Er küsste sich hinunter zu meinen Brüsten, und während eine Hand über eine Brustwarze strich, fuhr er mit seinen Reißzähnen über die andere. Er saugte sie in seinen Mund und schickte Schockwellen durch mich. So etwas hatte ich noch nie gefühlt, und ich hätte mir nie träumen lassen, dass solch ein wunderbares Gefühl möglich war.

Dann küsste er meinen Bauch. Seine Zunge war heiß und feucht auf meiner empfindlichen Haut, sodass ich mich gegen ihn wölbte und vor Lust keuchte. Seine Hände hielten mich fest, als er tiefer glitt und meine Beine spreizte.

Er hatte mir gesagt, dass er mich dort schmecken würde, und ich konnte es kaum erwarten, zu erfahren, wie sich das anfühlen würde.

Mein ganzer Körper bebte vor Lust, als er mit seiner Zunge Kreise um meinen Kitzler zog, bevor er sie schließlich in mich eintauchte. Ich stöhnte auf, als seine Zunge kratzend über meine Innenwände fuhr. Er schien genau zu wissen, was ich wollte, und ich begann auf der Welle der Lust zu reiten, die sich in mir aufbaute.

Er begann mit sanften Streicheleinheiten, die mich dazu brachten, mich gegen ihn zu wölben, dann bewegte sich seine Zunge schneller und stach in mich hinein, während er meinen Kitzler umspielte.

Meine Finger verhedderten sich in seinem Haar,

bevor ich mich an seinen Hörnern festhielt, um seinen Mund dort zu halten, wo ich ihn am meisten brauchte. Meine Gedanken überschlugen sich. Ich konnte nicht glauben, wie gut es sich anfühlte, von ihm auf diese Weise berührt zu werden. Er spreizte meine Beine weiter, leckte und saugte, bis ich unter ihm zitterte. Seine Hände waren überall - sie streichelten meine Innenseiten der Oberschenkel, umfassten meine Hüften - und als ich dachte, ich könnte es nicht mehr aushalten, ohne in Millionen Stücke zu zerbrechen, drückte er zwei Finger in mich hinein und streichelte sie im Takt mit seinem Mund.

Ich kam, und mein Freudenschrei hallte um uns herum.

Seine Stöße wurden langsamer, und er sah zu mir auf, während seine Zunge träge Kreise um meinen immer noch zitternden Kitzler zog.

Als mein Körper endlich wieder zu den Felsen zurückkehrte, grinste er.

„Du schmeckst wunderbar. Du, meine Gefährtin, und das Meer. Ich werde mindestens einmal am Tag an dir naschen müssen. Das weißt du doch, oder?"

Mein Lächeln wurde breiter. Ich konnte kaum denken. Sprechen war mir nicht möglich. Ich war immer noch von dem wunderbaren Gefühl überwältigt.

Er erhob sich und nahm mich in seine Arme.

„Unsere Kleider", sagte ich, als er aufstand.

„Ich hole sie später ab. Gegenwärtig bist du alles, was zählt." Mit langen Schritten trug er mich zur Treppe. Er ging weiter, bis er mich ins Haus zu unserem Bett gebracht hatte.

„Gefährtin", knurrte er besitzergreifend.

„Gefährte", stimmte ich zu.

„Wenn du nicht aufhörst, werde ich dich beanspruchen."

„Hör nicht auf", flüsterte ich und drückte mein Gesicht an seine noch feuchte Brust. „Hör niemals auf."

Er ließ mich auf das Bett sinken und folgte mir. „Das ist alles, was ich hören muss."

Kapitel 23

Odik

Mein Schwanz stand in Flammen. Ich wollte sie unbedingt. Aber es war ihr erstes Mal, und ich musste sicher sein, dass sie es wirklich wollte.

Mein Anhänger erhellte die Nacht. Das würde das letzte Mal sein, dass ich das Licht der Schicksale meines Clans sehen würde. Sobald ich meine Gefährtin ganz für mich beansprucht hatte, würde er nicht mehr leuchten.

„Es könnte schmerzhaft werden", sagte ich.

„Mach dir darüber keine Sorgen", erwiderte sie. „Der Schmerz wird bestimmt nur kurz sein. Das macht mir nichts aus."

„Du sagst mir, wenn du bereit bist." Ich küsste sie erneut und genoss, wie wunderbar sie sich nackt unter mir anfühlte. „Ich liebe dich, Gefährtin", sagte ich, als ich meinen Kopf hob.

„Odik." Tränen funkelten in ihren Augen. „Ich liebe dich auch. Jetzt zeig mir alles, was ich verpasst habe."

Mein Herz hüpfte den ganzen Weg hinaus aufs Meer und stach durch die Wolken, die sich über der Insel auftürmten, auf der sich alles befand, was mir wichtig war. Ich würde meine Gefährtin lieben. Sie und alle Orks, die uns das Schicksal schenkte, beschützen. Und sie immer in Ehren halten.

Ich küsste mich an ihrem Körper hinunter, nahm den süßen Geruch ihrer Haut in mich auf und genoss es, wie sie unter mir zitterte. Bei ihren Brüsten hielt ich inne und erkundete sie mit meiner Zunge, während ich jede einzeln in meinen Mund nahm. Sie schmeckte wie die süßeste Frucht und roch wie ein perfekter Sommertag, und ich wollte jeden Augenblick auskosten.

Meine Hände wanderten über ihre Kurven, während ich tiefer glitt und ihre Hitze spürte, die nach mir rief. Mit jedem Strich meiner Zunge spürte ich, wie ihr Verlangen wuchs. Ihr Stöhnen wurde mit jeder Sekunde lauter, bis sie sich an mich klammerte und nach Luft rang.

Ihre Finger wickelten sich um meine Hörner, während ich sie weiter mit meinem Mund erforschte, bis sie unkontrolliert zitterte.

Aber kurz bevor sie den Punkt erreicht hatte, der sie in den Wahnsinn getrieben hätte, zog ich mich zurück und ließ uns beide atemlos zurück.

Ich hob ihre Beine an und legte sie über meine Schultern. Sie klammerte sich fest, ihre Fersen gruben sich in meinen Rücken und zogen mich zu ihr hinunter.

Ich setzte meine Eichel an ihrer Öffnung an, bewegte sie durch ihre Nässe und streichelte über ihren Kitzler, bis sie keuchte und meinen Namen rief.

Ich war so viel größer als sie, aber ich wölbte meine Wirbelsäule, damit ich ihrem Blick begegnen konnte, als ich meine Hüften nach vorn schob und die Spitze meines Schwanzes in sie hineindrückte.

Sie bäumte sich mir gegenüber auf. „Mehr. Mehr!"

„Alles von mir gehört dir, Gefährtin. Alles von mir." Schweißperlen rannen mir über die Stirn und ich stieß weiter in sie hinein. Sie war so feucht und eng. Ich würde innerhalb von Sekunden kommen, aber das wollte ich nicht. Ich musste dafür sorgen, dass sie zuerst befriedigt war.

Ich wippte mit den Hüften, stieß langsam in sie hinein, zog mich zurück und stieß jedes Mal fester zu, bis ich ganz in ihr war.

„Wie geht es dir, Gefährtin?", knurrte ich, kaum in der Lage, die Kontrolle zu behalten. Ihre Muschi saugte sich wunderbar an meinem Schwanz fest, und ich wollte in sie stoßen, bis wir beide explodierten.

Sie streichelte meine Arme und zog mich nach unten. „Mehr."

Mit einem Grinsen zog ich meinen Schwanz heraus und stieß wieder in ihren einladenden Körper.

Mein oberer Sporn krallte sich an ihrem Kitzler fest und vibrierte als Echo auf das Gefühl, das in mir wuchs.

Die Noppen an meinem Schwanz streichelten ihre Innenwände. Das Gefühl schoss auch durch mich hindurch und ließ meine Hitze noch stärker werden.

Ihre Muskeln spannten sich um meinen Schwanz an, als ich schneller in sie stieß. Es war überwältigend und verdammt intensiv.

„Odik!", schrie sie und bäumte sich bei jedem meiner Stöße auf. „Ja. Genau so. Hör nicht auf."

Mein Atem wurde schwer und rasend, als ob der wachsende Sturm draußen mit mir verschmolzen wäre. Ich bewegte mich schneller, änderte die Tiefe meiner Stöße und mein Tempo, während sie stöhnte und sich unter mir bewegte.

Sie kam mit einem Schrei und ihr Körper verkrampfte sich unter mir. Ihre Muschi zog sich zusammen und umklammerte meinen Schwanz.

Ich bewegte mich schneller, gab nach und ließ meinen Körper die Kontrolle übernehmen.

Mein Orgasmus durchfuhr mich, und ich schrie auf, als mein Schwanz unkontrolliert zuckte und meinen Samen in sie schoss.

Kapitel 24

Eleri

Ich wachte neben meinem Gefährten auf. Meinem Liebsten. Ein Grinsen stieg auf mein Gesicht. Was wir letzte Nacht getan hatten ...

Nun, ich wollte, dass er es wieder tat. Ich hatte mir nie vorstellen können, dass zwei Körper einander so viel Freude bereiten konnten.

Er legte seine Arme um mich, während ich auf seiner Brust lag, und küsste sanft meinen Scheitel.

Ich erhob mich über ihn und lächelte. „Hey, Gefährte."

„Dir auch hallo, Gefährtin."

Ich richtete mich auf, bis ich ihn küssen konnte, und wunderte mich wieder einmal, wie wunderbar es war, einfach nur bei ihm zu sein.

Seine Fingerspitzen fuhren an meinen Seiten auf und ab, und es dauerte nicht lange, bis eine seiner Hände zwischen meine Beine glitt.

„Feucht", knurrte er. „Unglaublich feucht."

„Ich möchte etwas ausprobieren", sagte ich und spreizte seine Taille.

„Am Ufer entlanglaufen? Im Meer schwimmen? Ich weiß schon. Du willst mir Fisch kochen."

Er neckte mich wieder.

„Nein, das hier." Ich nahm seinen Schwanz und fuhr mit den Fingern an ihm auf und ab. „Wozu dienen diese Noppen an den Seiten?"

„Ich glaube, das hast du letzte Nacht entdeckt, als sie sich in dir bewegt haben. Sie vibrieren."

„Und das?" Ich streichelte den kleineren Schwanz, der über dem größeren angebracht war.

Ein Zittern ging durch ihn hindurch.

„Er mag es, berührt zu werden", erklärte ich, nahm ihn in meine Handfläche und melkte ihn, wie es mein Körper tun würde, wenn er in mir stecken würde.

„Noch mehr gefällt es ihm, an deinem Kitzler zu saugen, während ich dich reite."

„Heute Morgen will ich dich reiten."

Seine Augen weiteten sich, ebenso wie sein Grinsen. „Du kannst mich reiten, wann immer du willst, Gefährtin."

Allein der Gedanke daran machte mich noch feuchter. Ich erhob mich über ihn und positionierte seine Eichel. Es hatte ein wenig gebrannt, als er letzte Nacht in mich eingedrungen war, aber ich ahnte, dass es nicht noch mal wehtun würde.

Jetzt würde sein großer, dicker Schwanz mir nur noch Vergnügen bereiten.

Ich senkte meinen Körper nach unten, aber obwohl ich mich dehnte, konnte ich ihn nicht ganz aufnehmen.

„Langsam, Gefährtin", knurrte er. Sein Körper zitterte. „Heb dich und lass dich wieder fallen. Mach es langsam, und ich vermute, du wirst finden, was du benötigst. Was wir beide wollen."

Ich wiegte langsam meine Hüften, drückte sie nach unten und hob sie wieder an. Mit jeder Bewegung spürte ich, wie ich mich in Erwartung weiter öffnete. Sein Körper war warm, und jedes Mal, wenn ich mich nach unten bewegte, schob er seine Hüften nach oben, um mir entgegenzukommen.

Langsam öffnete sich mein Körper, und er konnte schließlich ganz in mich eindringen. Das Gefühl, von ihm vollständig ausgefüllt zu werden, war fast überwältigend. Es ließ mich nach Luft schnappen.

Er hob seinen Oberkörper an, umfasste mein Gesicht mit seinen Händen und brachte seine Lippen nahe an meine heran.

„Du fühlst dich wunderbar an", murmelte er, bevor er mir einen Kuss auf die Lippen drückte. Seine Augen waren voller Liebe, als er sich zurücklehnte und mich ansah. Mein Lächeln ließ meine Wangen schmerzen.

Ich begann, mich auf ihm auf und ab zu bewegen.

Er stöhnte unter mir, als ich mich schneller bewegte, und jede Anstrengung meines Körpers brachte uns näher zusammen, bis wir beide schwer keuchten. Seine Hände wanderten über meine Brust und meine Hüften, während ich ihn noch härter ritt und es genoss, wie er meine Brustwarzen streichelte.

Sein oberer Sporn traf immer wieder meinen Kitzler, und als er sich festkrallte und zu vibrieren begann, rollten meine Augäpfel in meinem Kopf zurück. Mein Stöhnen war tief und guttural.

Als ob er spürte, dass mein Bein anfing zu schmerzen, landeten seine Hände auf meinen Hüften. Er lenkte meine Bewegungen, während wir beide unser Tempo erhöhten und einander näher an die Explosion trieben.

Die Hitze stieg in mir auf, bis sie nicht mehr zu ertragen war.

Ich schrie auf, als ein Orgasmus über mich hereinbrach wie eine schwere Welle, die gegen die Küste schlug. Er folgte kurz darauf mit einem tiefen Stöhnen, das mir Schauer über den Rücken jagte.

Ich sackte an seiner Brust zusammen, und er streichelte meinen Rücken und flüsterte mir unsinnige Worte zu, die mir alles bedeuteten.

„Du, meine Gefährtin, bist perfekt", knurrte er. „Du erregst mich wie keine andere. Ich werde dich für den Rest meiner Tage in Ehren halten."

Und da wusste ich, dass ich ihn bis zu meinem Todestag lieben würde.

Nach dem Frühstück packten wir den Fisch in Behälter und verteilten ihn an unsere Sippe.

„Danke", sagte eine ältere Orkfrau, Madine, als wir ihr einen großzügigen Teil unseres Fangs überreichten. Ihr Blick fiel auf mich, und sie schenkte mir ein Grinsen voller Reißzähne. „Nett von dir, dass du deine neue Gefährtin mitgebracht hast, Caedos." Sie tätschelte meinen Arm. „Du bist der erste Mensch, dem ich begegne, aber ich vermute, du wirst nicht der letzte sein. Herzlich willkommen."

Spontan umarmte ich sie, und obwohl sie grunzte, blieb ihr Lächeln erhalten, als ich wieder zurücktrat. „Es ist auch schön, dich kennenzulernen."

„Geht ruhig weiter", sagte sie, und ihr Gesicht verfinsterte sich. „Ich muss die Fische in meine Kühlbox legen, genug, um den Sturm zu überstehen. Ihr zwei müsst noch mehr Fisch abliefern. Aber kommt doch bald wieder vorbei, dann können wir uns Geschichten erzählen." Ihr Blick begegnete dem meinen. „Ich würde gerne einige der alten Geschichten aus dem Dorf hören, in dem du aufgewachsen bist."

„Ich würde sie gerne erzählen", erwiderte ich. „Vielleicht hast du ja auch ein paar Geschichten über Odik auf Lager."

Ich grinste, als er aufstöhnte.

„Bring ihn auch mit." Madine stieß Odik spielerisch in die Seite. „Ich werde ihn zuhören lassen. Er muss einige der alten Geschichten noch mal hören."

„Madine ist die Hüterin unserer Vergangenheit."

Odik tippte sich an die Schläfe. „Sie hat die ganze Geschichte des Clans in ihrem Kopf."

„Du weißt, dass ich hoffe, jemanden zu finden, dem ich die Geschichten weitergeben kann." Sie legte den Kopf schief und musterte mich. „Ich halte immer noch nach einer besonderen Person Ausschau." Sie hob die Hände und ließ sie wieder sinken. „Wie auch immer. Ich bin sicher, ihr müsst noch einige andere besuchen. Danke, dass ihr gekommen seid, um ein wenig Zeit mit einer alten Dame zu verbringen."

„Jederzeit." Odik küsste sie sanft auf die Schläfe, und wir traten aus ihrem aufgeräumten Haus. „Ich komme noch mal, wenn der Sturm vorbei ist. Ich habe dafür gesorgt, dass du genug Holz hast, um dein Haus warmzuhalten." Er ging zu einem Schuppen hinüber, der an der Seite ihres aufgeräumten Hauses angebaut war, und warf einen Blick hinein. „Reichlich." Er trug drei Ladungen ins Haus und legte sie in den Eimer neben dem Ofen.

„Mach dir keine Sorgen um mich, Caedos", meinte sie und tätschelte meinen Arm. „Du auch nicht, Eleri. Ich danke euch beiden."

Er legte seine Hände auf ihre Schulter und schaute ihr in die Augen. „Du weißt, dass ich alles für dich tun werde. Bitte zögere nicht zu fragen, wenn du etwas benötigst."

Wir verließen sie und trugen die Säcke in den Hauptteil des Dorfes, obwohl es nur sechs Häuser waren, die aneinandergereiht waren.

Trilden zuckte zusammen, als wir hinter ihm

auftauchten, und wandte sich von einem Karren ab, der mit verschiedenen Gegenständen beladen und an ein Wesen angehängt war, das den Lasttieren ähnelte, die mein menschliches Dorf für die Reise benutzte.

„Brauchst du Hilfe?", fragte Odik. „Ich würde euch ja Fisch anbieten, aber ich bin sicher, ihr habt eure Kühltruhe schon gefüllt."

„O nein. Ich, äh, brauche keine Hilfe." Trildens Gesicht verfinsterte sich, aber ich vermutete irgendwie, dass das nicht daran lag, dass es ihm peinlich war, Hilfe angeboten zu bekommen wie Madine. „Trotzdem danke." Seine Stimme wurde unruhig. „Ich, ähm, wir sehen uns gleich." Er eilte in das nahe gelegene Gebäude.

Odik runzelte die Stirn und starrte auf die Gegenstände in dem Wagen. Zwei Säcke, die mit etwas gefüllt waren, das wie Kleidung aussah, eine Kühlbox, die wie aus dem Boden gestampft aussah, wenn man dem Schmutz auf der Außenseite Glauben schenken konnte, und Holzmöbel waren an den Wagen gebunden.

Die Verzweiflung in Odiks Gesicht traf mich wie ein Hammer in die Brust. „Er ist ..." Er ging auf das Haus zu und trat ein. Ich folgte ihm und betrat den aufgeräumten Wohnbereich, in dem kaum Möbel standen. „Trilden?" Odik ging weiter in die kleine Küche an der hinteren rechten Wand, wo sein Freund mit dem Rücken zu uns stand und Gegenstände in eine Holzkiste lud. „Du gehst auch weg?"

„Nur wegen des Sturms", sagte Trilden, ohne sich zu

Odik umzudrehen. „Ich bin sicher, dass ich zurückkomme."

„Wann? Nach dem Sturm oder ..." Odik holte tief Luft und stieß sie mit einem Seufzer wieder aus. „Oder wenn du zu alt bist, um noch arbeiten zu können?"

„Es ist nicht deine Schuld, Odik", sagte Trilden leise und wandte sich endlich seinem Anführer zu. „Aber in der Stadt gibt es mehr Möglichkeiten. Wir verhungern hier halb. Das weißt du. Offen gesagt, solltest du auch einen Umzug in Erwägung ziehen."

„Was sollte ich in der Stadt tun?"

„Was auch der Rest von uns tun würde. Nimm einen Job an und stell Stahlplatten für die Gebäude her. Wehr die Dresalods ab. Oder reise weit in die Berge, wo die Stürme uns nicht erreichen."

„Ich kann weder den Himmel noch das Meer kontrollieren." In Odiks Stimme schwang Enttäuschung mit, und ich wollte ihn in den Arm nehmen und ihm sagen, dass alles gut werden würde. Aber ich konnte das nicht in Ordnung bringen.

„Du bist der beste Anführer, den dieser Clan je gesehen hat." Die Ehrlichkeit in Trildens Stimme sorgte dafür, dass ich jetzt für sie beide Mitleid empfand. „Wenn es einen Weg gäbe, das Wachstum der Ernte zu steigern und Vieh mitzubringen, das das Trinken von Salzwasser überleben kann, würde ich nicht nur bleiben, sondern auch andere anwerben, vom Festland hierherzu-ziehen. Aber dafür sind wir zu sehr von den unregelmä-ßigen Regenfällen abhängig."

Odik richtete sich steif auf. „Ich verstehe. Du sollst wissen, dass wir dich wieder willkommen heißen, falls du deine Meinung änderst.“

„Ich danke dir, mein Freund.“ Mit diesen Worten wandte sich Trilden wieder seinem Gepäck zu.

Als er an mir vorbeiging, nahm Odik meine Hand und führte mich aus dem kleinen Haus.

„Wenn das so weitergeht, sind wir bald allein auf der Insel.“ Er sagte nichts weiter, während wir den Rest des Fisches an die Dorfbewohner verteilten. Er sagte auch nichts, als wir mit unseren leeren Behältern nach Hause gingen.

Seine Schritte waren langsam. Er musste das Gefühl haben, als würde das Gewicht der ganzen Welt auf seinen Schultern ruhen.

Kapitel 25

Odik

Während ich mich vergewisserte, dass unser Haus dem Sturm standhalten konnte, tat ich alles, um den Gedanken an Trildens Abreise aus meinem Kopf zu verdrängen. Wie viele waren jetzt noch auf der Insel? Ich brauchte in Gedanken nicht zu zählen. Drei hatten sie an dem Tag verlassen, an dem meine Gefährtin angekommen war. Und jetzt Trilden. Nur noch sechsundzwanzig. Wie lange würde es dauern, bis nur noch ich, meine Gefährtin und Madine übrig waren?

Als ich unser Haus betrat, begrüßte mich Eleri mit einem Lächeln. „Ich habe eine gute Mahlzeit für dich vorbereitet, mein Gefährte." Sie deutete auf den Tisch.

Es brach mir fast das Herz, als ich sah, dass sie meine Lieblingsspeise vorbereitet hatte. In der Mitte des Tisches stand ein kleiner Krug mit ein wenig Wasser und Blumen.

„Eleri", stöhnte ich und hob sie zu einem Kuss hoch, der so lange dauerte, dass ich darüber nachdachte, sie ins Schlafzimmer zu bringen, bevor wir aßen. Nein, wo ich *sie* essen könnte. Aber sie hatte hart gearbeitet, um etwas zuzubereiten, von dem sie dachte, dass es mich glücklich machen würde, und ich wollte jeden Bissen genießen.

Sie rutschte an mir herunter, schlenderte zum Tisch und schenkte mir ein schüchternes Lächeln. „Ich habe wildes Gemüse für das Essen gesammelt und einige Knollen gefunden, die ich in der Butter geröstet habe, die du in der Kühlbox aufbewahrst. Ich nehme an, die kommt vom Festland?"

„Wie Trilden schon sagte, haben wir nicht genug Süßwasser, um milchproduzierende Tiere zu halten und unsere eigene Butter herzustellen."

„Wenn wir mehr Wasser hätten, hätten wir dann auch ausreichend Land, um sie zu versorgen?"

„Auf jeden Fall. Obwohl unsere Pflanzen nicht gut wachsen, haben wir ein Gleichgewicht zwischen offenen Feldern und Wäldern aufrechterhalten."

„Wie macht ihr das, wenn ihr nicht genug Wasser habt?"

„Manchmal regnet es häufig. Dann gedeihen unsere Feldfrüchte. Wir sind immer darauf vorbereitet, dass das passieren kann."

Wir setzten uns, und ich griff zu und stöhnte, weil sie den Fisch so wunderbar gewürzt hatte.

„Ich habe Kräuter verwendet, die ich im Wald neben dem Haus gesammelt habe", erklärte sie lächelnd. „Ich vermute, dieses Land hat alles, was wir brauchen, um das Leben von mehr als nur den wenigen zu erhalten, die hier leben."

„Wenn es nur genug regnen würde, um unsere Fässer immer voll zu halten."

Ihr Lächeln wurde breiter. „Es regnet jetzt, und das wird die Fässer wieder auffüllen. Wir können in Salzwasser baden."

„Und es als Trinkwasser abkochen."

Sie legte den Kopf schief. „Wir trinken das Regenwasser nicht?"

„Doch, das können wir, obwohl wir das meiste davon für unsere Ernte aufheben. Wenn man Salzwasser abkocht und den Dampf auffängt, ist es frisch und trinkbar. Beim Kochen bleibt das Salz in der Pfanne zurück." Ich deutete auf den kleinen Behälter auf dem Tisch. „Wir verwenden das Salz dann zum Würzen unserer Speisen."

„Ist es möglich, genug sauberes Wasser zu kochen und zu sammeln, um ein riesiges Feld zu tränken?"

Ich schüttelte den Kopf. „Wir haben es mit großen Kesseln und großen offenen Feuern versucht, aber das ist unglaublich viel Arbeit. Zu viel Arbeit, wenn nur noch so wenig Leute auf der Insel leben."

„Ich wünschte, es gäbe eine Möglichkeit, dies für alle zu ermöglichen. Dann könntest du Leute anwerben, die hier mit uns leben. Wir müssen die Bevölkerung auf ein Niveau anheben, das uns die Dienstleistungen bietet, die wir alle benötigen, um unser bestes Leben zu leben."

„Ich wünschte auch, das wäre möglich, aber das ist es nicht. Das Leben, das du hier siehst, verblasst schneller, als ich es je für möglich gehalten hätte. Als mein Vater den Clan übernahm, lebten über hundert Orks auf der Insel. Jetzt sind wir nur noch sechsundzwanzig."

„Siebenundzwanzig."

Ich runzelte die Stirn.

„Vergiss mich nicht, Liebster."

„Ah, du hast recht." Diesmal war mein Lächeln echt. Mit Eleri zusammen zu sein, machte alles besser. „Wenn die Gefährtenjagd doch nur jeden Monat stattfinden würde. Wir könnten Frauen auf die Insel bringen und sie mit unseren Männchen zusammenbringen. Dann würde unsere Bevölkerungszahl steigen, statt zu sinken."

„Ich gebe noch nicht auf."

Das wusste ich zu schätzen. Ich nahm ihre Hand, die auf dem Tisch neben ihrem Teller lag, und drückte sie. „Ich danke dir."

„Wofür?"

Ich deutete auf mein Essen. „Für dieses ausgezeichnete Essen. Und dafür, dass du hier bei mir bist. Dass du mir zuhörst und mich liebst."

„Es gibt keinen Ort, an dem ich lieber wäre, und niemanden, mit dem ich lieber zusammen wäre."

Wir aßen, genossen das Essen und spülten dann gemeinsam das Geschirr in der Spüle ab.

Danach lehnte ich mich gegen den Tresen und sah zu, wie Eleri im Wohnbereich herumwuselte und Dinge aufräumte, die eigentlich nicht aufgeräumt werden mussten.

Der Wind heulte um mein gemütliches Haus und suchte nach einem Eingang, den er nicht finden würde. Ich rechnete damit, dass die volle Wucht des Sturms kurz nach Mitternacht einsetzen würde.

„Ich glaube, ich schulde dir ein Lied und einen Tanz", sagte ich.

Sie blieb stehen und drehte sich in meine Richtung, ein Kissen an ihren Körper gepresst. „Denk daran, ich habe noch nie getanzt."

Ich schritt auf sie zu. „Dann wird es Zeit, dass du es tust, meine Liebe."

„Mein Bein hält mich vielleicht zurück."

Ich nahm ihr das Kissen ab, warf es auf das Sofa und zog sie in meine Arme. „Wenn es weh tut, sag es mir, und wir hören auf." Um sicherzugehen, dass es nicht schmerzte, hob ich sie hoch. So waren wir auf Augenhöhe, und ich konnte ihr einen kurzen Kuss geben.

Sie stöhnte und klammerte sich an meine Schultern.

Ich hob meinen Kopf und grinste vor Glück. „Ich glaube, ich habe auch etwas über das Singen gesagt?"

„Wenn ich die Melodie weiß, summe ich sie dir vor."

„Wie wäre es mit dieser?" Ich stimmte ein kräftiges Lied an, in dem es um Frauen ging, deren Röcke um ihre Knöchel wirbelten, und um die Absicht eines Mannes, sie zu verführen.

Eleri lachte, als ich sie in dem kleinen Raum zwischen Küche und Wohnzimmer herumwirbelte, den

Kopf nach hinten geneigt, während ihr Haar über ihren Rücken wirbelte.

Mein Leben mochte schwieriger werden, und nur die Schicksale wussten, was die Zukunft für meinen Clan bereithielt, aber solange ich Eleri hielt, konnte ich lächeln.

Kapitel 26

Eleri

Wir tanzten und sangen bis spät in den Abend hinein, lachten, bis unsere Stimmen zu krächzen begannen und Odiks Beine vom Herumwirbeln schmerzten.

Unser Glück warf die anhaltende Traurigkeit vor die Tür. Sie konnte sich im Sturm suhlen, anstatt die Freude zu verderben, die wir in unserem gemütlichen Heim miteinander hatten.

Ausgelaugt ließen wir uns auf das Sofa fallen, wo ich mich an seine Seite lehnte. Er legte einen Arm um mich und küsste meinen Scheitel.

„Es gibt niemanden, mit dem ich einen Sturm lieber durchstehen würde als mit dir, Gefährtin", sagte er.

Ich war dankbar, Freude in seiner Stimme zu hören. Vorhin hatte er sich schlecht gefühlt, deshalb hatte ich mich so sehr um unser Essen bemüht. Es gab nicht viel, was ich tun konnte, um ihn aufzuheitern, aber einfache Dinge wirkten oft besser als alles andere.

Zu wissen, dass man geliebt wurde, half am meisten.

„Ich liebe dich", sagte ich und erhob meine Stimme, um über den Sturm hinweg gehört zu werden.

„Gefährtin." Er hob mich hoch, damit ich auf seinem Schoß saß, ihm zugewandt, und küsste mich.

Ich schmiegte mich in seine Umarmung, während der Sturm um uns herum tobte.

„Ist es ein guter Zeitpunkt, um zu den Felsen zu gehen und den Sturm zu beobachten?", fragte ich.

„Wir gehen morgen, wenn er vorbei ist und die Flut sich zurückgezogen hat. Dann wird es sicher sein. Das ist auch eine gute Zeit, um Holz zu sammeln, das der Sturm am Ufer zurücklässt. Ich sammle es zu einem großen Haufen in der Nähe des Fußes der Klippe und benutze es, um ein Feuer zu machen, wenn ich am Ufer zelte."

„Zelten?"

„Ich schlafe unter freiem Himmel und habe nur die Sterne als Dach."

„Knabbern die Käfer dich nicht an?"

Seine Umarmung wurde fester. „Nur die, Gefährtin, die unbedingt mit dem zusammen sein wollen, den sie lieben."

Ich konnte mir ein Grinsen nicht verkneifen. Er sagte all die richtigen Dinge, aber für ihn waren sie mehr als nur Worte. Es waren Gefühle, die tief aus seinem Herzen kamen, und sie berührten mich auf eine Weise, wie es nichts und niemand sonst je getan hatte.

Eine Windböe schlug gegen die Seite des Gebäudes, aber es rührte sich nicht.

„Einer meiner Ur-Ur-Ur-Großväter hat dieses Haus gebaut, und jede Generation hat es verbessert", erklärte er. „Du bist hier sicher."

„Ich bin überall sicher, solange deine Arme um mich liegen."

„Kannst du den Sturm spüren?"

Ich schloss meine Augen. „Die Atmosphäre knistert vor Elektrizität, als würde die Luft mit roher Kraft pulsieren."

Bei jedem Blitz, der den Raum erhellte, tanzten Schatten über die Wände und warfen unheimliche Formen auf die Möbel.

„Spürst du, wie sich die Spannung in deiner Brust zusammenzieht?", fragte er und nahm mich mit auf eine Reise, um die Empfindungen zu erkunden, die das Gewitter auslöste. „Das ist nicht irgendein Sturm, sondern ein gewaltiger Sturm. Ein Ungeheuer, das vom Himmel geschickt wurde."

Ich war fasziniert und zugleich beunruhigt über das, was vor mir lag. Unser Haus war dicht und gut gebaut, aber der Sturm hörte sich wild an, eine bösartige Kreatur, die entschlossen war, sich einen Weg ins Innere zu bahnen, um uns zu besiegen.

Ein Donnergrollen ertönte, das tief in meinen Knochen nachhallte und das Haus erschütterte.

„Es ist ein Chor der Natur", flüsterte ich. „Ein Chor des Chaos, der Macht und der Ehrfurcht." Der Regen prasselte unablässig gegen die Fenster, als wolle er in unser Heiligtum auf der Spitze der Felsklippe eindringen. „Geht eigentlich irgendjemand während eines solchen Sturms nach draußen?"

„Ich schon. Erinnerst du dich? Mein Vater hat mich immer zu den Felsen mitgenommen."

„Du sagtest, wenn der Sturm größtenteils vorbei war."

„Wir können auch jetzt nach draußen gehen, wenn du willst."

„Wirklich?"

„Wirklich."

„Dann machen wir es." Ich konnte es kaum erwarten, mich der Gewalt zu stellen, die auf unser Haus einwirkte. Wir würden nichts Gefährliches tun, aber vielleicht könnten wir zur Tür hinausspähen.

Er stand mit mir in den Armen auf und ging den Flur entlang. Eine Tür am Ende führte nach draußen in einen Raum mit einem soliden Dach und abgeschirmten Wänden. Der Raum schlängelte sich teilweise auf der dem Meer zugewandten Seite.

„Warum habe ich das hier noch nicht entdeckt?", rief ich, um über den Wind hinweg gehört zu werden.

Odik zuckte mit den Schultern und setzte sich auf den einsamen Stuhl, der dem Wasser zugewandt war. „Ich benutze den Raum nicht oft, obwohl ich das sollte."

Obwohl der Stuhl an der Innenwand stand, prasselten Regentropfen auf den Boden und bespritzten meine Unterschenkel, die durch meinen Rock freigelegt waren. Ich hatte meine Schuhe längst ausgezogen, und es hatte etwas Erheiterndes, den Sturm auf diese Weise meine Zehen berühren zu lassen.

Ich rutschte von seinem Schoß, näherte mich der Außenmauer, klammerte mich an das Geländer und spähte auf das Meer, das weit unten tobte.

Odik folgte mir, und ich lehnte mich zurück in seine Umarmung. Dort war ich sicher, obwohl der Sturm versuchte, den Sieg über unsere Seelen zu erringen.

Der salzige Geruch des Meeres strömte mir in die Nase, und der Geschmack von Salzlake vermischte sich mit der frischen Süße der nassen Erde. Unten wogten die Wellen wild und schlugen mit ohrenbetäubendem Getöse gegen die Klippen. Ein feiner Nebel stieg auf, der vom Wind eingefangen und zu uns getragen wurde.

Ich fühlte mich gestärkt und lebendig und zitterte in einer Mischung aus Angst und Aufregung. In einem Moment verschwand die Welt unter einem düsteren Leichentuch und wurde von der Schwärze des Sturms verschluckt; im nächsten Moment zuckte ein Blitz über den Himmel, zeichnete zackige Bahnen durch die Sterne und erleuchtete alles um uns herum.

Die Bäume knarrten und ächzten, Windböen umschlangen sie und saugten an ihren Blättern. Unser kleines Haus hielt stand und trotzte dem Sturm inmitten des Chaos.

Die Zeit verging wie im Flug, und bald waren wir völlig durchnässt. Ich zitterte, zum Teil wegen der Kälte, aber auch wegen der vom Sturm freigesetzten Energie.

„Dir ist kalt“, sagte Odik. „Und du bist nass.“

Ich grinste ihn an. „Du bist auch nass. Warum gehen wir nicht rein und wärmen einander auf?“

„Mir gefällt, wie du denkst, Gefährtin.“

Er nahm mich in die Arme und schritt ins Haus, wobei er die Tür hinter sich zuschlug.

In unserem Schlafzimmer zog er mir sanft die Kleidung aus, bevor er seine eigene ablegte.

Dann ersetzte er seine Finger auf meiner Haut durch seinen Mund.

Kapitel 27

Eleri

Als ich in der Nacht aufwachte, war es völlig still. Kein Trommeln des Regens auf dem Dach und kein Wind, der gegen die Fensterläden schlug, die unsere Fenster versperrten und versuchte, einen Weg hineinzufinden. Der Sturm war vorbei. Mit einem Grinsen kuschelte ich mich an die Seite meines Mannes. Er murmelte etwas und küsste meinen Kopf, während er seine Arme um mich legte. Ich driftete zurück in den Schlaf.

Als ich wieder aufwachte, strömte das Morgenlicht durch das Fenster zu meiner Linken herein. Odik musste irgendwann aufgestanden sein und die Fensterläden entfernt haben.

„Wir haben es geschafft", sagte ich. Als ich die Hand ausstreckte, fand ich Odik nicht mehr vor. Aber der Geruch von kochendem Essen und seine leise pfeifende Melodie zogen mich aus dem Bett und den Flur hinunter

- mit einem kurzen Zwischenstopp im Badezimmer, wo ich mir ein Nachthemd überstreifte. Ich betrat unsere winzige Küche und sah ihn am Herd stehen, wo er das Frühstück zubereitete. Er pfiff das gleiche Lied, das er gestern Abend gesungen hatte, und wippte mit den Hüften im Takt.

„Setz dich, meine Liebste!", rief er über die Schulter und fügte ein Grinsen hinzu. „Ich werde dir ein Essen servieren, das es so noch nie gegeben hat."

„Es riecht wunderbar." Ich ließ mich auf den Stuhl fallen und lächelte darüber, wie meine Füße baumelten. Alles in diesem Haus hatte Orkgröße, was bedeutete, dass es viel zu groß für mich war. Ich fühlte mich ein wenig wie in einem Puppenhaus, obwohl Odik das natürlich anders wahrnahm. Er hatte gesagt, dass er mir ein paar kleinere Möbel machen würde, und ich fand es toll, dass er daran gedacht hatte.

„Tee", sagte er und stellte eine Tasse vor mir ab. „Ich sammle die Kräuter auf der Insel, und das ist meine spezielle Mischung."

„Ich wusste nicht, dass du ein Teekenner bist." Ich hob die Tasse hoch, schloss die Augen und schnupperte daran. „Ich rieche einen Hauch von Vanille."

„Ich pflücke die Bohnen, konserviere sie und reibe etwas davon in die Mischung."

„Und Aspestbeeren."

„Gut erkannt. Die wachsen auch auf der Insel. Ich trockne sie und gebe ein paar davon in jeden Kessel."

„Und ... Weelenblätter?"

„Ja, das ist das Hauptblatt in der Mischung."

Ich nahm einen Schluck und stöhnte, weil er köstlich schmeckte. „Er ist perfekt."

„Ich hatte gehofft, er würde dir schmecken. Ich habe eine große Kanne gemacht, und wir können sie uns teilen, während wir unser Frühstück genießen." Er stellte einen großen Teller vor mich hin, und den anderen auf die andere Seite des Tisches. Als er sich setzte, winkte er mir mit seinem Esswerkzeug zu. „Ich habe vielleicht zu viel gekocht."

„Wir haben uns einen guten Appetit erarbeitet."

Sein Lächeln schloss sich dem meinen an. „Das haben wir."

„Was steht heute auf dem Programm?", fragte ich, während ich in die dicke Scheibe Brot biss, die er getoastet und mit Mellabar-Marmelade bestrichen hatte. Mein Bauch brüllte seine Zustimmung.

„Eine Menge Aufräumarbeiten. Ich will aber erst nach den anderen sehen."

„Warum bleibe ich nicht hier und fange an, Gestrüpp und alles andere, was der Sturm hinterlassen hat, einzusammeln? Ohne mich kommst du schneller voran."

„In Ordnung." Er aß eine Scheibe Brugelfleisch, und ich tat dasselbe und genoss die knusprige, salzige Leckerei. „Ich sollte nur den Morgen brauchen. Deswegen lohnt es sich, dafür zu sorgen, dass alle für einen Sturm gerüstet sind. Madine wird die meiste Hilfe benötigen. Sie ist die älteste - und erfahrenste - Person auf der Insel. Ich werde ihren Garten aufräumen, und wie ich sie kenne, wird sie mich zum Mittagessen einladen, also warte nicht auf mich. Ich sollte bis zum Nachmittag zurück sein."

„Wenn ich zu Hause nichts mehr zu tun habe, gehe ich an den Strand und sammle Treibholz. Ich werde es in der Nähe der Klippen stapeln, wie du vorgeschlagen hast."

„Geh nicht in die Nähe des Wassers. Nach einem Sturm ist das Meer oft noch eine Weile unruhig, und eine unerwartete Welle könnte dich erwischen."

Ich nickte und legte ein Stück Brugelfleisch zwischen eine gefaltete Scheibe Toast und machte mir ein kleines Sandwich.

Ich schaffte meine Mahlzeit nicht, aber als ich Odik den Teller näher schob, aß er meine Reste, nachdem er seine Portion verschlungen hatte. Da er fast doppelt so groß war wie ich, brauchte er auch mehr Nahrung.

„Ich frage mich, wie es dem Garten ergangen ist", sagte ich. „Ich werde auch danach sehen."

„Wenigstens wurde er bewässert."

„Ich werde die Fässer abdecken, um Ungeziefer fernzuhalten."

„Danke." Er nahm meine Hand auf der anderen Seite des Tisches und drückte sie. „Du bist unglaublich, Gefährtin. Ich wüsste nicht, was ich ohne dich tun würde."

„Das geht mir auch so, Odik."

„In ein paar Tagen, wenn sich die See beruhigt hat, sollten wir in die Stadt reisen. Wir können Nähzeug und

Stoff für dich besorgen, dann kannst du nach Herzenslust nähen."

„Das wäre wunderbar. Danke."

„Wenn wir schon mal da sind, gehen wir auch gleich essen. In der Stadt gibt es nette Restaurants."

„Gibt es welche auf der Insel?"

„Nein, nicht mehr. Die Köchin, die eines geführt hat, ist vor über einem Jahr gegangen. Sie führt jetzt ein neues Lokal in der Stadt, aber wir können dort vorbeigehen, um dich vorzustellen." Sein Lächeln enthielt einen Hauch von Traurigkeit. „Ich hoffe immer noch, dass ich sie überreden kann, auf die Insel zurückzukehren, aber im Moment gibt es fast keine Kunden mehr. Ich werfe ihr nicht vor, dass sie gegangen ist. Ich mache niemandem einen Vorwurf."

„Wir werden einen Weg finden, die Leute hierherzubringen, auch wenn wir sie entführen müssen, um ihnen die Schönheit dieser Lebensweise zu zeigen."

Er schmunzelte. „Wir dürfen sie nicht entführen. Aber ich finde es toll, dass es dir hier genauso gut gefällt wie mir."

„Es ist unser Zuhause, und das wird es immer sein. Wir werden hier unsere Orklinge großziehen." Als seine Augen aufleuchteten, musste ich lachen. „Ich weiß nicht, ob ich schon schwanger bin, aber wir arbeiten ja daran."

„Es gibt nichts, was ich lieber täte, als dich mit unserem Kind im Arm zu sehen."

Die Liebe in seiner Stimme war unglaublich. „Ich kann es kaum erwarten."

„Mögen die Schicksale uns segnen.“

Nachdem er gegangen war, ging ich nach draußen und machte mich an die heruntergefallenen Äste, um sie auf einen Haufen in der Nähe des Schuppens zu legen, wo er unser Holz für den Winter unter dem Überhang lagerte. Die Stöcke und Äste würden sich hervorragend zum Anzünden eignen. In diesem Teil der Welt wurde es zwar nicht furchtbar kalt, aber wir waren weit von der Küste entfernt. Ich war mir sicher, dass die Feuchtigkeit in den Knochen saß und einen frösteln ließ. Ein Feuer wäre willkommen, und ich hatte mir den kleinen Ofen im Wohnbereich gemerkt. Wir könnten auf dem Sofa sitzen und es genießen.

Vielleicht, während wir mit unserem Kind kuschelten.

„Das ist noch weit in der Zukunft und nur, wenn das Schicksal uns beschenkt“, sagte ich zu mir selbst, während ich einen weiteren Ast zu dem wachsenden Haufen hinüberzog.

Ich hob gerade den letzten Zweig an, als jemand hinter mir auftauchte. In dem Glauben, Odik hätte etwas vergessen, drehte ich mich um.

Mein Lächeln verschwand sofort. „Drabass.“

„Eleri.“ Sein Grinsen wirkte verschlagen.

„Odik ist im Haus. Ich hole ihn für dich.“

„Ich habe ihn auf dem Weg zum Dorf gesehen.

Trotzdem nett von dir, dass du es angeboten hast." Er trat näher an mich heran. „Ich glaube nicht, dass wir ihn brauchen, oder?"

Ich drehte mich um und stürmte zum Haus, aber er sprang auf und zerrte uns beide zu Boden, bis ich unter ihm lag.

Als er versuchte, mich zu küssen, riss ich meinen Kopf zur Seite und schlug ihm gegen die Schultern.

Er knurrte und riss mir die Hände über den Kopf. Ich kreischte, griff nach einem Stein in der Nähe und schlug ihn damit.

Er wurde von mir heruntergerissen.

Odik knurrte und schlug Drabass auf die Nase. Grünes Blut spritzte, und Drabass heulte auf und wischte sich über sein Gesicht.

Ich rappelte mich auf und wich zurück, wobei ich den Stein so fest in meiner Hand hielt, dass meine Finger brannten.

Auf Odiks Schlag in Drabass' Bauch folgte ein Schlag mit den geballten Fäusten auf Drabass' Kopf. Der Ork sackte zu Boden und bewegte sich nicht mehr.

Ich ließ den Stein fallen und er schlug neben meinem Fuß auf den Boden.

Odik eilte zu mir herüber und hob mich vorsichtig hoch. „Bist du in Ordnung?"

„Ja, mir geht es gut. Er ... er ist gerade erst gekommen."

„Ich bin froh, dass ich mich entschieden habe, umzukehren. Ich habe vergessen, mehr Fisch für Madine mitzunehmen."

Ich wollte nicht daran denken, was passiert wäre, wenn er nicht zurückgekommen wäre. Hätte er aufgehört, wenn ich ihn mit dem Stein hart genug geschlagen hätte? Ich hätte es zumindest versucht.

„Ich bringe dich rein."

Ich klammerte mich an seine Schultern. „Ich kann hierbleiben."

„Ich würde mich besser fühlen, wenn du im Haus bleiben würdest."

„Aber ich kann nicht ewig dort bleiben. Das ist nicht besser, als sich hinter den Festungsmauern im Dorf zu verstecken." Und ich wusste bereits, dass es nirgendwo wirklich sicher war. „Ich möchte weiterarbeiten."

Er umfasste meinte Wangen und schaute mir in die Augen. „Bist du dir sicher?"

„Ja." Meine Stimme zitterte zwar, aber mein Wille nicht.

„Ich muss mich um Drabass kümmern."

Mein Atem stockte. „Was wirst du mit ihm machen?"

„Das, was alle Orks mit jemandem machen, der ein Weibchen angreift." Sein grimmiger Blick traf den meinen. „Alles, was du wissen musst, ist, dass er dich nicht mehr belästigen wird."

„Werdet ihr ihn in die Stadt schicken?"

„Wir können nicht riskieren, dass er das noch jemandem antut."

Ich hatte kein Mitleid mit Drabass, aber das klang nach einer harten Strafe.

Wenn ich mich in dieses Leben einfügen wollte, musste ich die Methoden der Orks akzeptieren. Odik hatte recht. Es wäre besser, wenn ich keine Fragen mehr stellen würde.

„Kommst du wirklich klar?", fragte er.

Ich schaute mich um, sah, was alles getan werden musste, versteifte mein Rückgrat und nickte.

Er ging und kam eine halbe Stunde später zurück. „Ich habe ihn zu seinem Vater gebracht und ihm alles erklärt. Crickin wird sich jetzt darum kümmern."

„Was wird er tun?"

Sein Blick traf den meinen. „Das willst du nicht wissen."

Drabass verdiente mein Mitleid nicht, also grunzte ich nur.

„Komm mit mir", sagte Orik, nahm meine Hände und drückte sie.

Ich wollte mich so sehr festhalten, aber ich wollte auch stark sein. „Es gibt noch viel zu tun, und ich werde weiterarbeiten."

Wenn ich die Gefährtin eines Orks werden wollte, bedeutete das auch, dass ich mich mutig allem stellen musste, was dieses Leben mir bot. Damit meinte ich nicht von einem der Orks angegriffen zu werden, sondern meinen Teil als Frau des Caedos zu leisten.

„Ich bleibe hier und bringe es zu Ende."

„Ich fühle mich schlecht, weil das passiert ist."

„Du hast es nicht getan. Du hast mich gerettet, Odik.“

Er zog mich in seine Arme. „Ich werde immer für dich da sein, Gefährtin.“

Wir saßen noch eine Weile zusammen, bevor er ging und mir sagte, ich solle die Tür abschließen und drinnen bleiben.

Aber das konnte ich nicht. Mein Leben war hier, und ich wollte es voll auskosten. Also stellte ich mich meiner Angst und ging wieder nach draußen.

Nachdem ich den Hof aufgeräumt hatte, ging ich durch den Wald zum Garten und stellte fest, dass die Pflanzen flacher waren, als mir lieb war, aber immer noch grün. Der Regen würde ihnen guttun. Der Boden war vor dem Sturm sehr ausgedörrt gewesen.

Meine Hände zitterten nicht mehr, und ich war stolz auf mich, weil ich es geschafft hatte, aus einem fast schon beschissenen Tag etwas Gutes zu machen.

Ich pflückte Gemüse und brachte es ins Haus, dann ging ich wieder hinaus, um alle vollen Regentonnen abzudecken. Ich mulchte auch den Garten neu, um die Feuchtigkeit zu halten.

Danach saß ich in der Küche und aß. Es überraschte mich, dass ich nach all dem, was vorgefallen war, noch Appetit hatte. Harte Arbeit und Sonnenschein machten einen munter.

Das und das Wissen, dass Odik immer für mich da sein würde.

Ich räumte alles weg und wusch das Geschirr ab, das

ich nach dem Frühstück vernachlässigt hatte. Dann ging ich hinaus, um über die Reling zu schauen.

„Tonnenweise Treibholz." Der Strand war damit übersät, trockene graue Knochen von längst abgestorbenen Bäumen.

Ich trank ein Glas Wasser und ging die Treppe zum Strand hinunter, stolz auf das, was ich bis jetzt geschafft hatte. Odik würde sich freuen, wenn er in unser aufgeräumtes Haus zurückkehrte und sah, dass es für ihn nichts mehr zu tun gab.

Den ganzen Nachmittag über sammelte ich Treibholz und stapelte es in der Nähe der Klippe.

„Woher kommst du?", fragte ich eines der Stücke. „Und wie weit bist du gereist?" Soweit ich wusste, war es vom Festland auf die Insel gekommen. Oder vielleicht von einer der anderen unbewohnten Inseln.

Als ich fertig war, begutachtete ich das Holz, das ich in großen Stapeln aufgeschichtet hatte. Wir hatten genug für viele Feuer an der Küste. Vielleicht könnten wir eines Abends Fisch auf den Flammen braten. Konnte man dafür Stöcke nutzen? Ich war mir nicht sicher, wie man das anstellen könnte. Als ich im Dorf gelebt hatte, hatte ich nur ein paar Mal Fisch gegessen. Er war viel zu selten und zu kostspielig für jemanden wie mich gewesen.

Ich wischte mir gerade die Hände an meinem Rock ab, als etwas Glitzerndes an der Spitze meine Aufmerksamkeit auf sich zog. Ich nahm an, dass es ein glänzender Stein oder ein Stück Metall sein musste, wie der andere Abfall, den ich auf einem separaten Haufen in der Nähe des Treibholzes gesammelt hatte, und schritt in diese Richtung.

Genau wie ich es mir gedacht hatte. Ich hob den Metallbrocken auf und fragte mich, woher er wohl stammen mochte. Sicherlich vom Festland oder vielleicht von einem Schiff, das auf See untergegangen war, falls in dieser Gegend überhaupt Schiffe verkehrten.

Als ich mich umdrehte und zurückgehen wollte, um die Treppe zu erklimmen und mich zu waschen, bevor Odik zurückkehrte, runzelte ich die Stirn. Ich blieb stehen und starrte auf den kleinen, vertieften Bereich, den ich neulich bemerkt hatte.

Die Wasserflut hatte die Klippe weggespült und Sand und Steine aus der Vertiefung geschwemmt. Von dort, wo ich stand, sah es tatsächlich so aus, als gäbe es jetzt eine Höhle.

„Hm", murmelte ich und ging auf sie zu, vorbei an dem Becken, in dem ich schwimmen gelernt hatte.

Als ich das Gebiet erreichte, weiteten sich meine Augen.

Der Sturm hatte alles verändert. Jetzt *war* es eine Höhle, und sie reichte weiter hinein, als ich sehen konnte.

Ich würde Odik finden und es ihm sagen.

Wir könnten später gemeinsam zurückkehren und sie erkunden.

Kapitel 28

Odik

„Ich bin zu Hause!", rief ich, als ich unsere kleine Hütte erreichte.

Es gab nichts Besseres, als zu wissen, dass ich nicht in ein leeres Haus zurückkehren würde. Meine Gefährtin würde vielleicht nicht auf mich warten, aber sie würde in der Nähe sein.

Meine müde Seele benötigte ihren Trost und ihre Anwesenheit genauso sehr, wie sie mich wahrscheinlich brauchte. Ich hatte sie vorhin nicht verlassen wollen, nach dem, was vorgefallen war, aber ich hatte die Entschlossenheit in ihren Augen gesehen. Sie wollte die Folgen allein bewältigen, und das war eine weise Idee. Ich konnte nicht immer bei ihr sein, und sie musste sich sicher und nicht ängstlich fühlen, wenn sie allein war.

Ich würde ihr jedoch beibringen, wie man mit einer Klinge umging. Es war unglaublich selten, dass ein Mann ein Weibchen angriff, obwohl es schon vorgekommen war. Wir schätzten unsere Frauen. Niemand würde im Traum daran denken, sie auszunutzen.

Und doch hatte er es getan.

Sein Vater würde dafür sorgen, dass so etwas nie wieder einer anderen Frau passierte, und ich würde ihn nicht fragen, was er getan hatte. Das musste er als Oberhaupt seiner Familie entscheiden.

Ich seufzte, als ich mir die Stiefel abstreifte. Drei weitere Inselbewohner hatten die Insel verlassen, sodass wir jetzt noch vierundzwanzig waren. Bei diesem Tempo würden wir bald nur noch mit Madine als Gesellschaft leben. Sie war eine nette Frau, aber ich hasste es, dass mein Clan immer mehr schwand und ich nichts dagegen tun konnte.

Selbst der starke Regen konnte die Abreisenden nicht zum Bleiben bewegen. *Es wird wieder trocken werden,* hatten sie gesagt. *Hier gibt es nichts mehr für uns.*

Unsere Herzen waren hier - das war es, was übrig war. Aber sie sahen das nicht so wie ich.

Als Eleri nicht antwortete, machte ich mich auf die Suche nach ihr. Ich bewunderte den großen Haufen Äste, den sie in der Nähe des Waldes aufgestapelt hatte, sowie die aufgeräumte Umgebung unseres Hauses.

Ich fand sie auch nicht im Garten oder in der Nähe eines der Fässer. Also doch am Strand?

Als ich die Treppe hinunterging, sah ich sie auf mich zukommen und wartete, bis sie mich erreichte.

„Du bist wieder da!“, rief sie aus und umarmte mich.

Ich küsste sie und genoss, wie wunderbar sie sich in meinen Armen anfühlte.

„Wie sind alle mit dem Sturm fertig geworden?", fragte sie und lehnte sich zurück, um zu mir aufzuschauen.

„Sie haben es alle gut überstanden." Ich würde später über die Abreisenden sprechen. „Und wie ist es bei dir gelaufen?"

„Sehr gut." Ihr Lächeln fiel ihr leicht, und ihre Augen strahlten vor Glück. „Ich habe gegen meine Ängste gekämpft und gewonnen."

„Ich bin stolz auf dich, Gefährtin."

Sie nickte keck. „Was hast du gemacht, während du weg warst?"

„Ich habe Madines Hof aufgeräumt und das Holz in der Nähe ihres Schuppens aufgestapelt, so wie du es hier getan hast. In der Mitte der Insel, wo sie wohnt, gab es nicht so viel, aber sie war dankbar für die Hilfe."

„Wir sollten sie bald zu uns einladen. Wir können sie an den Strand bringen und mit dem Treibholz, das ich gesammelt habe, ein großes Feuer machen. Wir werden Fisch braten und den Wellen zuhören."

Das war eine meiner Lieblingsbeschäftigungen. „Das ist eine tolle Idee. Ich bezweifle, dass Madine oft an den Strand geht. Ich kann sie hin- und zurücktragen, und ich wette, wenn wir sie fragen, wird sie uns Geschichten über die Orks erzählen, die hier vor langer Zeit gelebt haben, während wir nach dem Essen am Feuer sitzen."

„Geschichten aus eurer Vergangenheit. Das wäre fantastisch."

„Wir können so viel von denen lernen, die vor uns da waren." Ich tippte mir an die Schläfe. „Und Madine erinnert sich an sie alle."

„Wer wird die Geschichten von ihr lernen, um sie weiterzutragen?"

„Ich habe getan, was ich konnte, um einige auswendig zu lernen, aber es ist eine von vielen Aufgaben, die ich nicht so gut erledigen kann, wie ich es gerne würde." Der Gedanke, dass nach ihrem Tod einige Geschichten verloren gehen würden, machte mich traurig, aber wenn ich Orks auf die Insel locken könnte, würde sich hoffentlich einer von ihnen hinsetzen und ihren Geschichten zuhören, bis er sie auswendig kannte. Dann würden die Geschichten so weiterleben, wie sie sollten.

„Ich habe etwas Spannendes gefunden", sagte Eleri, nahm meine Hand und drängte mich die Treppe hinunter. Sie führte mich über den Strand, und ich staunte, was sie alles geschafft hatte. Alles, was ich geschafft hatte, war, Holz zu stapeln, mit Madine zu essen und meine Clanmitglieder regelrecht anzubetteln, die Insel nicht zu verlassen. Sie sagten widerwillig, sie würden zwei Tage warten, bevor sie mir ihre endgültige Antwort gaben, aber sie packten weiter. Die See war zu rau für sie, um zu reisen - vorerst.

„Was ist los?", fragte ich, als sie mich über den Strand zur Landspitze führte. „Ist das Schwimmloch noch da?"

Sie sah mich stirnrunzelnd an. „Es ist von Felsen umgeben. Ich bezweifle, dass selbst der stärkste Sturm es zerstören könnte."

„Wir können morgen schwimmen, wenn du willst."

Sie nickte. „Gern. Aber heute ..."

Wir gingen um die Spitze herum und in Richtung des Pools.

„Schau." Sie blieb stehen und hob den Arm.

Ich starrte auf die Klippe. „Wow."

„Der Sturm muss sich in die Klippe gefressen haben. Ich frage mich, ob es dort vor langer Zeit eine Höhle gab. Vielleicht hat ein anderer Sturm sie mit Sand und Felsen aufgefüllt."

Ich drückte ihre Hand. „Bist du hineingegangen?"

„Das wollte ich mit dir machen." Sie grinste, aber ein kleiner Schauer durchfuhr sie. „Da drinnen könnten sich Biester verstecken."

Sie lag mit ihrer Vermutung nicht weit daneben. Die Dresalods würden das Wasser nicht verlassen, solange es aufgewühlt war, aber in ein paar Tagen würden wir ihren nächsten Angriff abwarten müssen. Da sie die Sonne hassten, griffen sie nur selten tagsüber an und dann auch nur, wenn das Wasser ruhig war. Das war das Gute an Stürmen.

Im Moment waren wir am Strand sicher. Eines Tages würden wir eine dauerhafte Lösung für sie finden müssen, aber ich konnte mir nicht vorstellen, wie sie lauten könnte.

Wir gingen näher an die Höhle heran.

„Soll ich hier draußen warten?", fragte sie.

Ich suchte das Meer ab, sah aber nichts Besorgniserregendes.

„Komm mit mir", meinte ich. „Ich bezweifle, dass es in der Höhle etwas gibt, worüber man sich Sorgen machen muss, und wir können sie gemeinsam erkunden."

„Vielleicht liegt dort drinnen ein lang vermisster Schatz."

Ich grinste und zog sie an meine Seite, als wir in diese Richtung gingen. „Das bezweifle ich. Ich bin sicher, du wirst enttäuscht sein."

„Wenn es nur eine flache Höhle ist, kehren wir nach Hause zurück." Sie warf mir einen feurigen Blick zu. „Ich habe dich heute vermisst. Wir müssen die Zeit, in der wir getrennt waren, wiedergutmachen."

Ich liebte es, dass sie sich genauso nach mir sehnte wie ich nach ihr. Wie bei allen echten Paarungen wie unserer würde es mit zunehmendem Alter nur noch besser werden.

In der Höhle war es dunkel, so dunkel, dass wir über etwas stolperten, das auf dem sandigen Boden lag.

„Warte hier", sagte ich. „Ich hole eine Laterne."

Ich war zurück, bevor sie mich vermissen konnte, obwohl ich sah, wie sie im schwachen Licht zitterte, als ich mich näherte. Sie starrte auf den Pool und sprang auf mich zu, als ich näher kam.

„Irgendetwas hat im Wasser geplätschert", sagte sie.

„Manchmal werden bei einem Sturm Fische angespült. Das ist ein Vorteil für uns, weil sie leicht zu fangen sind."

„Wie gut, dass ich Fisch mag."

„Dann wollen wir uns diese Höhle mal ansehen, hm?" Ich hielt die Laterne hoch, und wir gingen tiefer hinein. Der schmale Bereich weitete sich, und wir betraten einen großen Raum mit einem Dach, das ein paar Meter höher war als mein Kopf. Der Boden war mit kleinen Pfützen übersät und ...

„Was ist das?", fragte Eleri und deutete auf einen großen Gegenstand an der hinteren Wand.

„Ich weiß es nicht."

„Das Meer hat es nicht gebaut."

Sie hatte recht. Es mussten Orks gewesen sein. Oder Menschen, obwohl ich nicht glaubte, dass jemals welche auf der Insel gelebt hatten. „Sieht aus, als wäre es aus Stein gemeißelt."

Wir blieben neben dem größten Bauwerk stehen und starrten auf das Wasser, das bis zum Rand anstieg.

„Das sieht aus wie eine Wanne", sagte Eleri. „Wird die Flut diesen Bereich erreichen? Oh, ich kenne die Antwort darauf. Nein, sonst wäre die Höhle schon früher freigelegt worden."

Das Wasser rann durch eine Rinne, die die rechte Wand überspannte, und die Rinne war so geneigt, dass das Wasser in Bewegung blieb, bis es in die Wanne floss.

„Wir könnten hier baden", sagte sie und tauchte ihre Fingerspitze in das Wasser. „Salzig, natürlich, aber es ist nicht anders als im Pool."

„Doch, das ist es." Ich betrachtete die Strukturen stirnrunzelnd und versuchte herauszufinden, was sie bedeuten könnten, während Eleri durch den Raum schlenderte.

„Sieh mal", sagte sie und zeigte auf Zeichnungen an der Wand. „Jemand hat das hier gebaut, und ich glaube, die Markierungen zeigen uns, was es sein könnte." Sie ging näher heran und fuhr mit der Fingerspitze von einer Zeichnung zur anderen. „Es sieht aus, als würde das Wasser bei Flut aus dem Meer geleitet. Es fließt so wie jetzt, bis es die Wanne füllt." Sie schenkte mir ein Grinsen. „Das ist wie die Wasserleitung, von der ich gehört habe, die in einem fernen Dorf Wasser aus dem Fluss in ein Haus bringen. Man kann eine Wanne füllen oder am Waschbecken etwas trinken. Kannst du dir das vorstellen?"

Wenn ich nur so etwas für meine Gefährtin tun könnte. Das Leben auf der Insel war schon schwer genug, ohne dass wir uns Gedanken darüber machen mussten, wie wir Wasser zum Baden und Trinken finden würden.

Eleri lehnte sich näher an die Wand. „Es sieht so aus, als würden sie das Wasser filtern, wenn es aus dem Meer kommt. Und der Filter sorgt dafür, dass die Abfälle unter den Kanal fallen und nicht in das frischere Wasser gelangen. Warum sollten sie so etwas tun?" Sie verließ die Zeichnungen und ging in der Höhle umher, um die Struktur zu studieren, während ich mich den Markierungen näherte und mich fragte, ob ich etwas sehen konnte, was sie nicht gesehen hatte.

„Interessant", sagte sie und deutete auf eine Struktur, die über dem Becken angebracht war. „Es sieht aus wie eine Haube. Und da ist ein Loch in der Spitze. Sieh mal. Das wurde aus Metall gebaut, und es fällt von der Haube nach unten in ein zweites Becken. Merkwürdig." Sie legte den Kopf schief und scannte die Struktur. „Unter dem zweiten Becken befinden sich Rohre, die ... Wenn ich es nicht besser wüsste, würde ich denken, es leitet das Wasser woanders hin, aber wohin?" Sie bückte sich und spähte unter das erste Becken. „Der Stein unter dem ersten Becken hat Brandspuren, als hätte man hier ein Feuer gemacht. Aber warum?"

Ein Feuer ...

Mir kam etwas Wildes in den Sinn, und ich eilte hinüber, um meinen Verdacht zu bestätigen.

Es dauerte nicht lange, und bald schüttelte ich den Kopf und grinste. Ich hob Eleri hoch und wirbelte sie herum, wobei mein Lachen völlig ausbrach. Sie schloss sich mir an, obwohl aus ihrem verwirrten Gesicht klar hervorging, dass sie keine Ahnung hatte, warum ich plötzlich so glücklich war.

„Ich glaube, meine Liebste, du hast es gefunden", sagte ich schließlich.

„Was gefunden?"

„Das Entsalzungsgerät, das Madine einmal in einer ihrer Geschichten erwähnt hat."

Kapitel 29

Eleri

„Ein Entsalzungsgerät?", fragte ich, und meine Füße hüpften vor Aufregung auf dem sandigen Boden.

„Eine ganz frühe Generation hat es gebaut. Ich weiß nicht, warum sie es nicht mehr benutzt haben. Vielleicht hat das Meer es begraben, und es war zu viel Arbeit, es zu reinigen."

„Oder nur wenige wussten davon? Es könnte fast alles passiert sein."

„Es wurde zum Stoff von Legenden, Teil einer größeren Geschichte, die Madine uns erzählte. Mein Vater machte sich über die Idee lustig und sagte mir, dass wir schon immer Regenwasser gesammelt hätten und das gut genug sei. Aber ohne Wasser können wir das Leben hier nicht aufrechterhalten, geschweige denn unsere Bevölkerung wachsen lassen."

„Wir sollten es allen sagen", meinte ich. Vielleicht

würden wir dann Leute auf die Insel locken, anstatt traurig zuzusehen, wie sie die Insel verließen.

„Sehen wir erst einmal, ob wir das Gerät zum Laufen bringen können." Er runzelte die Stirn, als er die einzelnen Teile untersuchte, wobei er besonders auf die Rohrleitungen achtete, die den letzten Behälter auf der rechten Seite verließen.

„Was sollen wir tun?" Ich kehrte zu den Zeichnungen an der Wand zurück und tippte mit dem Finger auf die Erste. „Wir haben Wasser im größten Bottich, und darunter ist ein Feuer zu sehen."

„Wie du weißt, kochen wir Wasser und fangen das Kondenswasser auf, um es zu trinken, wobei das Salz in der Wanne zurückbleibt. Das ist die gleiche Theorie, nur in einem größeren Maßstab."

„Ich hole etwas von dem Holz, das ich gesammelt habe, und wir werden sehen, ob dieses Baby noch funktioniert. Wenn nicht, werden wir niemanden enttäuschen." Außer uns selbst. Ich konnte mir nicht vorstellen, wie schön es sein würde, das ganze Jahr über klares Wasser zu haben, egal ob es regnete oder nicht.

„Ich werde Holz holen", sagte er. „Würdest du trockenen Seetang sammeln?"

„Klar."

Draußen belud er seine Arme mit Holz und trug es hinein, während ich Seetang sammelte.

Wir entzündeten ein Feuer unter dem größten Bottich und beobachteten, was passierte. Es dauerte eine Weile, und es verbrannte viel Holz, aber das Wasser begann zu dampfen. Der Dampf stieg in die Haube über der Wanne, und das Rauschen des Wassers war zu hören, als sich das Kondenswasser seinen Weg durch das Metallrohr bahnte.

„Es tropft in die zweite Wanne!", rief Odik. Er hob mich hoch, wirbelte mich herum und gab mir einen dicken Kuss, bevor er meine Füße wieder in den Sand setzte. „Es klappt. Es klappt!"

„Lass es uns testen." Ich ging hinüber und sah zu, wie das Kondenswasser weiter tropfte und ganz langsam den zweiten Behälter füllte.

Odik tauchte seine Hand in das Wasser und nahm einen Schluck. Er grinste in meine Richtung. „Es ist nicht salzig."

„Erstaunlich. Wir können ein System einrichten, bei dem wir eimerweise Wasser von hier an die Oberfläche bringen."

„Ich möchte mit Madine sprechen. Eine ihrer Geschichten könnte einen weiteren Hinweis darauf enthalten, was unsere Vorfahren mit dem Wasser gemacht haben. Eimer zu schleppen ist eine Menge Arbeit, aber ich mache es lieber, als auf Wasser zu verzichten."

„Das Wasser aus dem ersten Becken ist zur Hälfte verbraucht", bemerkte ich.

„Dann lass es uns nachfüllen." Odik betätigte eine Kurbel an der Wand neben der Wanne, und das Wasser sprudelte aus dem Meer, das durch Rohre in der Wand geleitet wurde.

„Das ist genial. Ich kann nicht glauben, dass euer Volk es vergessen hat."

„*Unser* Volk, Gefährtin." Er legte seinen Arm um mich und küsste mich auf den Kopf. „Das gehört uns allen."

Wir luden mehr Holz unter den Kochtopf und kehrten auf die Spitze der Insel zurück. Ohne anzuhalten, eilten wir zum Dorf, wo wir Orks fanden, die Karren mit ihren Sachen beluden.

„Zehn", sagte Odik schockiert. Er blieb stehen und starrte bestürzt auf seine Freunde, die ihre Sachen packten, um abzureisen. „Ich dachte, es würden nur drei gehen, und nicht so viele."

„Wir müssen sie aufhalten." Ich eilte vorwärts und wurde langsamer, bevor ich sie erreichte.

Trilden sah auf, als er einen Sack an seinen Wagen band. „Du kannst nichts sagen, was uns umstimmen könnte. So können wir nicht leben. Die Stadt wird uns ein anständiges Leben bieten."

„Es wird nicht so sein wie das Leben, das ihr auf der Insel habt", meinte Odik.

„Manchmal muss ein Mann Dinge aufgeben, die er liebt, um zu überleben."

„Ihr müsst nicht gehen", sagte ich.

Eines der Männchen runzelte die Stirn. Seine Hände ruhten auf einem Stuhl, den er gerade auf seinen Wagen geladen hatte.

„Wir haben einen Weg gefunden, viel sauberes Wasser zu erzeugen", sagte Odik. „Genauer gesagt, hat meine Gefährtin einen Weg gefunden." Er zog mich an seine Seite und legte seinen Arm um meine Schultern.

„Das ist nicht möglich", sagte Trilden. „Glaube mir, wenn es möglich wäre, würde ich sofort alles abladen."

„Dann fang besser an, abzuladen. Odik würde nie jemandem falsche Hoffnungen machen." Wir drehten uns um und sahen Madine, die sich mithilfe ihres Stocks langsam bewegte. Sie schaute zwischen mir und Odik hin und her. „Was habt ihr gefunden?"

„Erinnerst du dich an die Geschichte, als unser Clan mehr Süßwasser hat, als sie brauchten?", fragte Odik.

„Eine Geschichte?", grummelte Trilden. „Du glaubst, du kannst uns mit einem Märchen aufhalten?"

„Nicht jede Geschichte ist erfunden", sagte Madine und spannte sich an. „Viele erzählen von Dingen aus unserer Vergangenheit, die wir nicht vergessen wollen."

„Eleri und ich haben einen Weg gefunden, das Salz aus dem Meerwasser zu entfernen", sagte Odik.

„Das tun wir bereits." Trilden berührte Odiks Schultern. „Du bist ein erstaunlicher Caedos. Der beste, den dieser Clan seit Langem gesehen hat. Niemand kümmert sich mehr um unser Volk und unsere Lebensweise als du. Aber kleine Töpfe mit Wasser, die den ganzen Tag lang kochen, um eine Tasse zum Trinken zu erzeugen, reichen nicht aus. Ich bin ein Bauer. Das weißt du. Aber ich kann den Boden nicht für die Ernte nutzen, wenn ich nicht mehr Wasser habe, als der Regen liefert."

Er und ich erklärten, was wir gefunden hatten.

„Wunderbar." Madine klatschte in die Hände. „Das ändert alles."

„Steht in euren Geschichten etwas darüber, wie man das Wasser an die Spitze der Insel bringt?", fragte ich.

Sie runzelte die Stirn. „Ich glaube nicht."

„Sehen wir uns das mal an", sagte Trilden. „Ich bin bereit, zumindest das zu tun. Möchte ich gehen? Nein. Habe ich das Gefühl, dass ich muss? Ja."

Die Abreisenden zögerten, folgten uns dann aber in die Höhle, und andere schlossen sich uns an, bis wir eine große Menge waren. Wir zeigten ihnen das große Becken, das bereits aufgefüllt war und kochte, sowie die Haube und wie das kondensierte Wasser in die zweite Wanne tropfte.

„Probiert es", sagte Odik zu den Versammelten. „Ihr alle."

„Es ist sauber!", rief jemand aus.

„Es schmeckt wunderbar!"

Madine lächelte und nickte. Mit ihrem Stock deutete sie auf die Rohrleitung, die aus der zweiten Wanne kam und in die Wand mündete. „Ich nehme an, dass hier eine Art Schwerkraftsystem zum Einsatz kommt, um das Wasser an die Oberfläche zu bringen."

„Die alte Pumpe in der Nähe des Stadtzentrums, die noch nie funktioniert hat", sagte Trilden. „Glaubt ihr ..." Er schüttelte den Kopf. „Das ist doch nicht möglich, oder?"

„Wir sollten es herausfinden", sagte ich grinsend.

Wir kehrten an die Oberfläche zurück, wobei

Madine auf Odiks Rücken ritt, weil der Aufstieg zu steil war. Mit leichten Schritten eilten wir zum Stadtrand, wo es offensichtlich vor langer Zeit große Gärten gegeben haben musste. Jetzt wuchsen nur noch ein paar dürre Gemüdesträucher.

„Da drüben ist sie." Trilden führte alle zum Rand des Feldes und in den Wald, der es umgab. „Ich habe sie eines Tages auf der Suche nach Kräutern gefunden, aber wie gesagt, sie hat nicht funktioniert, also habe ich sie danach ignoriert." Er bückte sich und räumte das Gestrüpp beiseite, bis eine Pumpe zum Vorschein kam, wie die, die das Meerwasser in unsere Häuser brachte. Er richtete sich auf und begann, den Hebel zu heben und fallen zu lassen. Ein hohles, gurgelndes Geräusch ertönte, und Madine jubelte.

„Wird sie funktionieren?", fragte ich Odik und lehnte mich an seine Seite.

Er schüttelte nur den Kopf. Wahrscheinlich wollte er nichts sagen, was Unglück bringen könnte.

Wasser sprudelte aus dem Rohr und spritzte auf den Boden zu Trildens Füßen.

„Wonach schmeckt es?", fragte jemand.

Trilden nahm etwas davon in die Hand und nahm einen großen Schluck. „Ich würde sagen ..." Er schenkte mir und Odik ein Grinsen. „Ich würde sagen, es schmeckt wie ein guter Grund, auf der Insel zu bleiben."

Alle um uns herum jubelten.

Kapitel 30

Odik

Drei Tage später

Das Leben auf der Insel fühlte sich plötzlich einfacher an. Seltsam, wie eine Kleinigkeit wie sauberes Wasser den ganzen Unterschied ausmachen konnte.

Trilden und drei andere Orks waren gegangen, aber sie würden wiederkommen. Sie waren losgezogen, um allen von unserer Entdeckung zu erzählen und alle Clanmitglieder aufzufordern, nach Hause zurückzukehren.

Ich hoffte, dass wir, sobald die Bevölkerung der Insel wuchs, die Dienstleistungen erweitern könnten. Ein Restaurant wäre toll, ebenso wie ein Markt. Und ich hatte das Gefühl, dass wir mit unserer entspannten Lebensweise Heiler und Ingenieure anlocken würden. Letztere könnten das Entsalzungsgerät studieren und andere auf anderen Teilen der Insel nachbauen.

„Wie ist es gelaufen?", fragte Eleri, als ich nach einem

langen Tag der Erkundung zurückkehrte. Ich hatte weitere Wasserpumpen gefunden und dann das Gestrüpp und die Bäume um sie herum beseitigt. Sie saß an unserem Tisch und hatte ihr Nähzeug in alle Richtungen ausgebreitet, um an einem Kleidungsstück zu arbeiten. Sie hatte vor, für jeden von uns eine komplette Garderobe zu entwerfen und dann mit der Herstellung von anderen Dingen zu beginnen. Sie würde hier, aber auch in der Stadt, einen Laden einrichten. Wir könnten ihn ein paar Tage in der Woche öffnen und die von ihr gefertigten Kleidungsstücke verkaufen.

Ich hatte versucht, ihr zu erklären, dass wir kein Geld brauchten, dass wir nur einander brauchten, aber sie hatte darauf bestanden. Außerdem, so hatte sie gesagt, liebe sie das Nähen, und es würde ihr eine Beschäftigung für die Abende bieten.

Offen gesagt hatte ich vor, so viele ihrer Abende wie möglich für mich zu beanspruchen, aber ich würde ihr nie etwas wegnehmen, das ihr Freude bereitete.

„Wir haben noch mehr Pumpen gefunden, die Wasser aus dem zweiten Becken holen", sagte ich. „Eine ist in der Nähe unseres eigenen Gartens."

„Wunderbar." Sie legte ihre Näharbeiten beiseite und kam zu mir, um mir einen Kuss zu geben.

„Ein paar der Männer sind in die Stadt gegangen."

Sie erstarrte in meinen Armen. „O nein."

„Das ist eine gute Nachricht. Sie haben Geld mitgenommen, um Vieh zu kaufen. Wir werden einen Kahn besorgen, der sie auf die Insel bringt, wo sie grasen können.“

„Milch und Fleisch?“

„Eines Tages.“

„Was noch? Mir kommt es so vor, als wäre in kurzer Zeit so viel passiert.“

„Wir reden darüber, mehr Häuser für diejenigen zu bauen, die aus der Stadt wegziehen wollen. Wir werden den Clan erweitern.“

„Wie viele Orks, glaubst du, kann die Insel verkraften?“, fragte sie.

„Ein paar Hundert. Andere können auf den kleineren Inseln leben, und wir werden ihnen helfen, Entsalzungsanlagen zu bauen, damit sie frisches Wasser bekommen.“

Sobald wir mit dem Bau neuer Häuser für künftige Siedler fertig waren, hatte ich einen Plan für unser eigenes Haus. Mindestens zwei Zimmer, eines für Eleri als Nähzimmer, und das andere ... Nun, darüber wollte ich kein Wort verlieren. Es würde eine Überraschung für meine Gefährtin sein.

Wenn man bedachte, dass diese Frau bis vor kurzem noch nicht in meinem Leben gewesen war ... Jetzt konnte ich mir nicht vorstellen, sie nicht jeden Tag zu sehen, sie zu küssen und sie die ganze Nacht zu lieben.

„Möchtest du schwimmen gehen?“, fragte ich.

„Ich wollte gerade Abendessen machen.“

„Lass uns unser Essen fangen und über einem Feuer am Strand braten.“

„Das klingt wunderbar. Ich habe noch mehr Gemüse gepflückt. Wir können es mitnehmen."

Wir verließen unser Haus und gingen die Treppe hinunter. Ich trug unsere Angelruten und Köder, sie das Gemüse.

„Wir können nie wieder nackt schwimmen", sagte sie seufzend. „Die Höhle ist so nah. Uns könnte jemand sehen."

„Du hast recht. Der Pool ist zu nah an der Höhle."

Als wir den Fuß der Treppe erreichten, forderte ich sie auf, nach links statt nach rechts zu gehen.

„Erst angeln?", fragte sie.

„Ich dachte, das könnten wir nach dem Schwimmen machen."

„Ich muss ab jetzt ein kurzes Kleid tragen, wenn ich übe", sagte sie mit einem Schmollmund und hielt es in die Höhe. Sie hatte es gestern genäht und mir vorgeführt, obwohl sie es, offen gesagt, nicht lange getragen hatte.

Ich grinste nur und führte sie um eine Biegung, dann um eine weitere.

„Wir müssen heute viel laufen", sagte sie lächelnd.

„Es wird sich lohnen."

Eine weitere Kurve, und wir näherten uns dem kleineren Schwimmloch, das ich in der Vergangenheit schon ein paar Mal benutzt hatte.

„Oh, Odik!", rief sie, als wir die Felsen erklommen hatten und daneben standen. „Ich muss doch *kein* Kleid tragen."

„Nur, wenn du willst."

„Ich *weiß,* was ich will." Sie schritt auf mich zu und strich mit dem Finger über meine Brust. Mein Herz schlug mir bis zum Hals. „Aber was wünschst du dir, mein Liebster?"

„Dich, meine Gefährtin. Immer nur dich."

Kapitel 31

Odik

Fünf Wochen später

Ich hielt meine Hände über Eleris Augen.

„Darf ich jetzt gucken? Jetzt?"

„Noch nicht", sagte ich, und mein Gesicht schmerzte, weil ich so grinste.

„Ich habe nicht gelinst. Ich verspreche es." In ihrer Stimme schwang Freude mit, und es war ein tolles Gefühl, zu wissen, dass ich sie verursacht hatte. „Du arbeitest schon eine ganze Weile an dem Haus, und ich möchte wissen, was du da baust."

Ich hatte es vor ihr verborgen.

Unsere Entdeckung am Strand funktionierte so gut, dass jeder Pumpen aufstellte, um frisches Wasser an die Oberfläche der Insel zu bringen. Ich hatte natürlich dasselbe getan, aber ich hatte es noch weiter getrieben. Meine Gefährtin hatte einmal einen Wunsch geäußert, und ich konnte nicht anders, als ihr jeden Wunsch zu erfüllen.

Wir verließen die Vorderseite unseres Hauses, und ich führte sie an der Seite herum. In den nächsten Tagen würde ich die Tür von innen fertigstellen, aber meine Überraschung würde mehr Wirkung zeigen, wenn wir von dieser Seite eintraten.

„Ich werde fallen", sagte sie lachend und streckte ein Bein nach dem anderen aus, um den Boden zu ertasten, bevor sie einen Schritt nach vorn machte.

„Das werde ich nicht zulassen."

„Glaubst du, du kannst es verhindern?" Sie stolperte, und ich schlang einen Arm um ihre Taille und drückte sie fest an meine Brust.

Gleichzeitig schob ich meinen anderen Arm herum, um ihr beide Augen zuzuhalten. „Nicht gucken."

„Du machst seit Wochen alle möglichen Geräusche", schnaufte sie. „Ich schwöre, es fällt mir schwer, mich auf meine Näharbeiten zu konzentrieren."

Ich trug stolz die Hose und das Hemd, die sie mir in der ersten Woche genäht hatte, und sie trug ein wunderschönes Kleid aus seidigem grünem Stoff, das ihre großzügigen Kurven umschmeichelte. Ich hatte mich nur schwer beherrschen können, es ihr nicht gleich beim ersten Mal, als sie es mir vorgeführt hatte, vom Leib zu reißen. Vielleicht würde meine bevorstehende Überraschung in diesem Bereich helfen.

Ich lenkte sie nach rechts und nahm den Weg, den ich zu dem frei stehenden Gebäude freigelegt hatte. Ich öffnete die knarrende Tür, hob Eleri hoch und stellte ihre Füße direkt auf die neu verlegten Holzdielen. Irgendwann würde ich einen Durchgang zwischen den beiden Gebäuden bauen, aber im Moment stand es für sich allein, ein Beweis für meine Hingabe an meine Gefährtin.

Drinnen brachte ich sie zum Stehen.

„Darf ich jetzt gucken?", fragte sie, und in ihrer Stimme schwang ein Lachen mit.

„Ja." Ich ließ meinen Arm sinken, trat neben sie und beobachtete sie, wie sie meine Überraschung aufnahm.

„Eine Wanne. Eine echte Wanne?"

Ich schmunzelte. „Nun, unecht ist sie nicht."

„Du hast mir ein Badehaus gebaut. Odik!" Sie brach in Tränen aus.

Ich schluckte und war mir nicht sicher, was ich tun sollte. Sie liebte Umarmungen, also zog ich sie in meine Arme und hielt sie fest, während sie schluchzte. „Ich dachte, du würdest dich darüber freuen. Stattdessen habe ich dich traurig gemacht."

„Ich bin glücklich", weinte sie. „Wirklich."

„Warum weinst du dann?"

„Weil du das für mich getan hast und ich dich liebe, und ich glaube, ich bin schwanger."

Ich saugte ihre Worte in mich auf, und mein Herz kam zum Stillstand. „Du glaubst, du bist schwanger?"

Sie nickte und schniefte.

„Gefährtin", stöhnte ich. Ich hob sie hoch, wirbelte sie herum und küsste sie, als ob mein Leben davon abhinge - was es auch tat. „Liebste. Wir bekommen ein Kind?"

„Ich hoffe es.“

„Ein Junge oder ein Mädchen?“

Sie runzelte die Stirn. „Das kann man nicht wissen, bevor es herauskommt.“

„Vielleicht jeweils eins.“

„Zwillinge?“

Als sie die Stirn runzelte, machte ich einen Rückzieher. „Ich gebe mich mit einem nach dem anderen zufrieden.“

„Odik. Ich bekomme ein Baby. Eins. Nicht zwei. Zumindest jetzt noch nicht.“ Sie schenkte mir mit feuchten Augen ein Lächeln. „Zeigst du mir die Wanne?“

„Als du neu auf der Insel angekommen bist, meintest du, wie schön es wäre, Wasser in einer Wanne zu haben. Ich habe beschlossen, dass kaltes Wasser nicht ausreicht, also habe ich ein System gebaut, das das Wasser erwärmt, wenn es aus dem Boden kommt. Ich muss die Heizung mit Holz füttern, aber so kannst du immer ein schönes, warmes Bad nehmen, wenn du willst.“

„So viel Arbeit nur für mich?“ Sie rutschte an meiner Vorderseite herunter, bis ihre Füße den Boden berührten.

„Ich tue alles für dich, Eleri. Das weißt du doch, oder?“

Sie warf einen Blick auf die Wanne. „Es gibt noch etwas, was du tun kannst.“

„Was denn?“

„Die Wanne scheint groß genug für zwei zu sein.“

Sie hob ihr Kleid über ihren Kopf und legte es vorsichtig auf einen Stuhl in der Nähe.

Wie es das Schicksal es wollte, trug sie nichts darunter. Wollte sie mich mit ihrem schönen Körper umbringen? Immer, wenn sie das Kleid tragen würde, würde ich mich nun fragen, ob es der Tag war, an dem sie sich entschieden hatte, Unterwäsche zu tragen, oder der Tag, an dem sie darauf verzichtet hatte.

Das Bild ihres üppigen und verführerischen Körpers ging mir nicht mehr aus dem Kopf.

„Ich habe die Wanne absichtlich groß gestaltet", brachte ich heraus.

Sie stieg die kurzen Stufen hinauf, schwang ihre Beine über den Rand und ließ sich in das dampfende Wasser sinken, mit dem ich sie gefüllt hatte, bevor ich sie hierhergebracht hatte. „Ja, es ist noch viel Platz."

Das Lächeln, das sie mir schenkte, ließ mein Herz vor Freude schmerzen. Diese Frau hatte Licht und Farbe in mein Leben gebracht, und es gab keinen Ort, an dem ich lieber sein wollte als bei ihr.

Sie krümmte ihren Finger in meine Richtung und schenkte mir ein neckisches Lächeln. „Warum kommst du für unser erstes gemeinsames Bad zu mir in unsere neue Wanne?"

Kapitel 32

Epilog 1

Eleri

Acht Monate später

„Noch einmal!", rief die Ork-Hebamme Cassatine. Sie war vor ein paar Monaten auf die Insel gekommen, um einer der Orkfrauen bei ihrer ersten Geburt zu helfen, und hatte beschlossen, zu bleiben. Bei einer Bevölkerung von über hundert Personen, von denen zehn Frauen im gebärfähigen Alter waren, benötigten wir sie mehr als die Bewohner der Stadt es je könnten. Sie hatten mehr als genug Heiler, um bei einer Geburt zu helfen.

„Pressen", sagte sie wieder. „Es ist fast vorbei, meine Liebe, und dein schöner Orkling wird sich dir und deinem Gefährten anschließen."

„Junge oder ein Mädchen?", knirschte ich, als der

Schmerz durch meinen Bauch schoss und sich die Bänder strafften, um mir bei der Geburt von Odiks und meinem Kind zu helfen.

„Wir werden bald wissen, was es ist", sagte sie und wischte mir mit einem kühlen Tuch über die Stirn.

„Bring Odik hier rein."

„Dies ist der Ort einer Frau, nicht der eines Mannes. Ich fürchte, ich kann nicht zulassen ..."

„Sofort!"

Madine erhob sich von dem Stuhl in der Ecke des Raumes. „Na komm, Eleri. Du willst doch sicher nicht, dass dein großer alter Ork-Ehemann hier ist, wenn du dein kostbares Kind zur Welt bringst. Er wird nur im Weg sein."

„Odik!", bellte ich. „Jetzt."

„Also gut." Madine gluckste, als sie den Raum verließ. „Ich liebe ihren Mumm."

Cassatine wrang das Tuch aus und wischte mir erneut das Gesicht ab, während ich unter einer weiteren Wehe stöhnte.

Orklinge wurden schnell groß, aber bei all den anderen Mensch-Ork-Paarungen waren sie etwas kleiner gewesen als normal. Eine rettende Gnade für die Frauen, die sie zur Welt brachten.

„Eleri!", rief Odik durch die offene Tür. Er stürmte ins Zimmer und kletterte neben mich auf das Bett. „Was brauchst du?"

„Dich." Ich hielt ihm meine Hand hin. „Ich stehe

kurz vor der Geburt unseres Kindes, und alles, was ich brauche, ist, dass du meine Hand hältst, damit es klappt."

„Sie muss eigentlich nur pressen", sagte Cassatine, blieb aber freundlich.

„Pressen, Liebes", wiederholte Odik. „Kannst du das für mich tun? Bald ist es vorbei, und unser lieber kleiner Ork wird zu unserer Familie gehören."

Mein Bauch kräuselte sich bei einer weiteren Wehe.

„Herrje!", schrie ich und presste, während ich Odiks Hand so fest wie möglich umklammerte.

Er rutschte hinter meinen Rücken und hielt mich fest, seine Finger immer noch mit meinen verschränkt. „Du bist unglaublich, Gefährtin", murmelte er in mein Ohr. „Noch einmal. Du schaffst das."

Mit einer weiteren Wehe verließ der Kopf unseres Kindes meinen Körper, gefolgt von den Schultern und dem Rest des Körpers unseres Kindes. Die Geburt konnte ein tückischer Prozess sein, aber sie konnte auch die schönste Erfahrung im Leben einer Frau sein.

„Ein Junge!", krähte Cassatine, hob unser Kind hoch und legte es auf meinen Bauch. Wie alle anderen Orklinge, die von menschlichen Frauen geboren wurden, ähnelte er seinem Vater, mit reicher, grünlich-goldener Haut und winzigen Hörnern, die nur Noppen auf seinem Kopf waren.

„Ein Junge", sagte Odik. „Er ist wunderschön, Gefährtin. Einfach wunderschön."

„Das ist er, nicht wahr?" Ich streichelte sein weiches

Haar, ein sattes Schwarz wie das seines Vaters. „Wie möchtest du ihn nennen?"

„Wie wäre es mit Zur?"

Bei dem Gedanken liefen mir Tränen über die Wangen. „Wirklich?"

„Wirklich. Ich verdanke alles dem Mann, der dich großgezogen hat. Er hat auf dich aufgepasst und sich um dich gekümmert. Und ich weiß, dass du ihn vermisst."

„Das tue ich." Ich sah zu Odik auf. „Ich liebe dich, Gefährte."

Er küsste mich. „Und ich liebe dich."

Cassatine wickelte Zur in ein sauberes Tuch und reichte ihn mir. Unser Sohn schlief - vorerst.

Sie und Madine schlichen mit einem Lächeln auf den Lippen aus dem Zimmer.

Und Odik und ich kuschelten mit unserem neuen Sohn.

Kapitel 33

Epilog 2

Odik

Drei Jahre später

„Warum ist es so still?", fragte meine liebste Gefährtin. Wir lagen in unserem Bett und die Sonne war gerade aufgegangen und lugte durch die Vorhänge am Fenster zu meiner Rechten.

„Weil wir Glück haben?" Mein leises Lachen ertönte, und ich schlang meine Arme fester um Eleri, die auf meiner Brust lag. „Ich glaube, da unser wunderbarer Sohn noch schläft, sollten wir den Moment ausnutzen, meinst du nicht?"

„Immer", meinte sie mit einem glücklichen Seufzer.

Ich drehte sie auf den Rücken und begann sie zu küssen, wobei ich mich innerhalb von Sekunden in meiner Gefährtin verlor. Ich liebte sie heute mehr als damals, als wir uns zum ersten Mal ineinander verliebt hatten, falls so etwas überhaupt möglich war.

Sie stöhnte, schlang ihre Arme um mich und hob ihre Hüften bereits zu mir hinauf.

Hitze verzehrte mich.

So war es jedes Mal, wenn wir zusammen waren, und ich wusste, dass es für uns genauso sein würde, wenn wir fünfzig oder sogar achtzig waren. Wir würden uns vielleicht langsamer bewegen und über schmerzende Gelenke klagen, aber in unseren Herzen würden wir wieder hier sein, in diesem Moment.

Mein Schwanz versteifte sich in Erwartung. Meine Gefährtin war wundervoll kurvig und machte mich süchtig. Ich wollte mich sofort in ihr vergraben. Aber ich musste wissen, dass sie genauso scharf auf die Sache war wie ich. Ihr Vergnügen bedeutete mir mehr als mein eigenes.

Ihre Hände umklammerten meine Schultern, und ein Stöhnen verließ ihre hübschen Lippen, als ich Küsse über ihren Kiefer und ihren Hals streifte. Seit Zur ein wilder und wunderbarer Dreijähriger war, trug sie im Bett eine leichte Schicht Kleidung, für den Fall, dass er uns in der Nacht erwischen würde. Auf mein Drängen hin zog sie sie hoch und über den Kopf und warf sie zur Seite. Nachts schlossen wir die Tür vorsichtshalber auch ab, da wir beide Leichtschläfer waren und jeder von uns auf jeden Schrei Zurs in seinem Zimmer neben unserem reagieren würde.

Als ich ihre Brustwarze in meinen Mund nahm, erstarrte sie. Ihre Augen sprangen auf.

„Warte", keuchte sie.

„Ich tue dir doch nicht weh, oder?"

„Nein, überhaupt nicht, aber ..." Ein Stirnrunzeln zeichnete sich auf ihrem Gesicht ab. „Ich habe nur das Gefühl, dass etwas nicht stimmt."

„Ich kann nach Zur sehen." Ich stand vom Bett auf und wickelte mir eine Decke um die Taille, obwohl ich wusste, dass sie meinen Ständer nicht wirklich verbergen konnte. Gegenwärtig war unser Sohn noch jung genug, um es nicht zu bemerken oder sich darum zu kümmern, aber wenn er älter wurde ...

Ich schloss die Tür auf und trat auf den Flur hinaus, und meine Besorgnis wuchs, als ich von purer Stille empfangen wurde.

Ich schritt zu Zurs Zimmer und spähte durch die schmale Öffnung. Wir schlossen seine Tür nachts nie ganz.

Er lag nicht in seinem Bett. Daran war nichts Ungewöhnliches. Ich stieß die Tür auf und erwartete, ihn auf dem Boden spielen oder in einem Sessel sitzen und ein Bilderbuch anschauen zu sehen. Es gab nicht viel, was unser Sohn mehr liebte als Geschichten.

Er war allerdings nicht in seinem Zimmer.

Ich versuchte, nicht in Panik zu geraten, verließ sein Zimmer und ging in die Küche, wo mir das Herz in die Hose rutschte.

Er war gar nicht im Haus.

„Zur?", fragte Eleri, die am Ende des Flurs stand. Ihr Haar fiel ihr um die Schultern und sie trug wieder ihr Nachthemd. „Hast du ihn gesehen?"

Ich schüttelte den Kopf. „Lass mich draußen nachsehen."

Sie steckte ihre Füße in die Schuhe und folgte mir hinaus in den frühen Morgensonnenschein. Der Tau glitzerte wie feine Juwelen auf dem Gras, und auf der Wiese verglühte ein leichter Nebel. Der Sommer war in vollem Gange, und die Blätter raschelten in den Bäumen und verrieten Geheimnisse. Ich hatte immer das Gefühl, dass ich sie verstehen würde, wenn ich nur genau genug hinhören würde, aber bisher hatte sich das noch nicht bewahrheitet.

Zur war nicht in der Nähe des Hauses. Auch nicht im Garten auf der anderen Seite des kleinen Waldstücks.

Er war überhaupt nicht in der Nähe.

„Er würde doch nicht ..." Eleris Blick schoss zum Klippenrand und zu den Treppen, die zum Strand hinunterführten.

„Wir haben ihm immer wieder gesagt, dass er diese Gegend niemals allein verlassen darf."

„Aber er liebt es, Muscheln zu sammeln. Und spielt gern im Sand."

Und er war mutiger, als mir lieb war. Er widersetzte

sich uns nicht unbedingt, aber er hatte kein Problem damit, die Regeln so zu verdrehen, dass sie seinen Wünschen entsprachen.

Ich schluckte den Kloß der Sorge in meinem Hals hinunter. Es gab keinen Grund, sich Sorgen zu machen, solange ich keinen Hinweis darauf hatte, dass etwas nicht stimmte. Als ich mich auf den Weg zur Treppe machte, redete ich mir ein, dass Zurs Fehlen kein ausreichender Grund zur Panik war, aber mein Puls pochte heftig in meinen Ohren, und mein Herz überschlug sich ständig.

Eleri folgte mir. „Wo ist er?", wimmerte sie.

Ich nahm ihre Hand und drückte sie, während wir die Treppe hinuntergingen. „Es wird alles gut. Es geht ihm gut." Und ich wollte ihn ernsthaft bestrafen, wenn wir ihn finden würden. Was wir auch tun würden. Da war ich mir sicher.

Die ruhige See erstreckte sich über weite Strecken, nur unterbrochen von gelegentlichen Schaumkronen, und der Wind erfasste mein Haar und wirbelte es um mein Gesicht.

Am Fuß der Treppe erreichte mich ein Geräusch, und ich sackte fast gegen die Felswand.

Eleri stockte der Atem.

Ein Kind sang in der Nähe.

„Zur?", rief Eleri und spähte in beide Richtungen. „Wo bist du?" Die Irritation in ihrer Stimme war von der Verzweiflung durchdrungen, die ich bis in meine Seele spürte.

„Zur!", brüllte ich und ging nach rechts, woher das Geräusch kam.

Plätscherndes Wasser ertönte, als wir uns dem Becken näherten, in dem ich Eleri vor so langer Zeit das Schwimmen beigebracht hatte. Schon wenige Tage nach seiner Geburt waren wir fast täglich mit Zur in das Becken gegangen und hatten ihm beigebracht, das Meer zu respektieren, aber auch, sich über Wasser zu halten.

Als wir die Spitze der Felsbrocken erreichten, die den Pool umgaben, blieben wir beide stehen und blickten nach unten.

Zur schwamm mit einem Dalphin, der nicht viel größer war als unser Orkling. Das geschmeidige, dunkellavendelfarbene Wesen tauchte immer wieder ins Wasser ein und sprang auf, um es hochzuwirbeln, wenn es auf seinem blasslila Bauch landete, was Zur zum Kichern brachte.

Zur warf einen Ball auf die gegenüberliegende Seite des Beckens, und der Dalphin schwamm zu ihm herüber und stieß ihn mit seiner spitzen Schnauze zurück zu Zur, wobei seine einsame Rückenflosse das Wasser aufwirbelte.

Diese Spezies ernährt sich von winzigen Fischen - niemals von Orks - und wir hatten schon oft auf den Felsen gesessen und Familien von ihnen beim Spielen im Meer beobachtet. Sie schossen aus dem Wasser und schlugen mit einem lauten Platschen auf. Manchmal, wenn sie nahe ans Ufer kamen, standen wir mitten unter ihnen und streichelten ihre rauen Häute, während sie spielerisch unsere Beine und Hände anstupsten.

Eleri ließ sich an meine Seite sinken. „Warum hast du das Haus verlassen, Zur?", fragte sie, und Erleichterung glättete ihre Stimme.

„Dalphin", zwitscherte Zur und schwamm zu dem großen Fisch hinüber. „Dalphin-Freund. Erzähle Geschichten."

Seitdem er verzückt dagesessen hatte, als Madine Geschichten über den Clan erzählt hatte, hatte sie angefangen, ihn zu unterrichten. Er war noch zu jung, um sich an alle Geschichten zu erinnern, aber wenn sie ihm weiterhin gefielen, würde sie ihm mehr beibringen. Jetzt würde jemand unsere Geschichten weiterführen, wenn sie nicht mehr da war.

Eleri zog ihre Schuhe aus, setzte sich auf den Rand des Pools und ließ ihre Füße ins Wasser baumeln. „Du erzählst die Dalphin-Geschichten, was? Wir haben uns Sorgen um dich gemacht, weil du nicht in deinem Bett warst."

„Langweilig, Mami", sagte er. „Spielst du mit mir und Dalphin?"

„Ja", sagte sie. „Aber ich will nicht, dass du allein herkommst. Hast du das verstanden?"

„In Ordnung", schnaufte er und warf den Ball.

Ich setzte mich zu ihr, und wir sahen zu, wie die beiden Jungen zusammen planschten, bis der Dalphin ins Wasser schoss und nicht mehr auftauchte.

„Weg", sagte Zur traurig, schwamm zu uns herüber und hielt mir seine Arme hin, damit ich ihn aus dem Wasser ziehen und auf den Felsen neben mir setzen konnte. „Komm zurück, Dalphin. Komm zurück!"

„Ich glaube, das wird er eines Tages, Süßer", sagte Eleri und rollte mit den Augen. Wenn sie das Gleiche dachte wie ich, würden wir eine Art Schloss an den Außentüren anbringen, das hoch genug wäre, dass unser missratener Sohn es nicht erreichen könnte. Dann könnte er das Haus nicht mehr ohne unser Wissen verlassen.

Als wir uns auf den Weg zur Treppe machten, die uns nach Hause bringen würde, hob ich Zur hoch und setzte ihn auf meine Schulter.

Er klammerte sich an mein linkes Horn und lehnte sich gegen meinen Kopf.

„Ich habe Hunger", sagte er und gähnte.

„Dann sollten wir frühstücken gehen, meinst du nicht? Danach kannst du ein langes Nickerchen machen." Eleri lächelte mich augenzwinkernd an, und ich wusste, wohin ihre Gedanken sie - und mich - führten.

Vielleicht würden sie und ich zur gleichen Zeit ein *Nickerchen* machen wie unser Orkling.

Ich hoffe, euch hat Eleris und Odiks Geschichte gefallen.

Gefährtin des Orks

Besucht sie zwei Jahre später in Verlangen des Orks, das nächste Buch der Monstergefährtenjagd Serie.

Meldet euch für meinen Newsletter an und erhaltet ein kostenloses Buch!
Geleitschutz für einen Alien

Verlangen Des Orks

Ich wurde für die Monstergefährtenjagd auserwählt, und ein Ork wird mich beanspruchen.

Ich verbringe meine Tage mit dem Sammeln von Kräutern, die ich zur Heilung von Krankheiten der Dorfbewohner verwende, die hinter den hohen Mauern der Festung leben. Sie sagen, es sei dumm von mir, mich nachts aus dem Bergfried zu wagen.

Sie flüstern, die Orks würden mich entführen. Was sie danach tun werden, ist reine Spekulation. Wer von diesen Monstern gefangen wird, wird nie wieder gesehen.

Als meine Schwester für die Monstergefährtenjagd ausgewählt wird - ein jährliches Ereignis, bei dem sich zwei Frauen zum Wohle von uns allen den Orks opfern müssen - melde ich mich freiwillig an ihrer Stelle. In dieser Nacht jagen mich die Orks. Ihr Heulen hallt um mich herum, während ich durch den Wald flüchte. Ich werde geschnappt und von einem der riesigen, mächtigen Orks, die das Dorf in Gegenleistung für die Chance, eine Braut zu jagen, beschützen, eingefordert.

Mein neuer Ehemann, Kommandant Jaus, stellt eine Forderung nach der anderen, aber er behandelt mich mit einer Sanftmut, die ich von einem Monster nie erwartet hätte. Er besteht darauf, dass ich koche und putze und nachts mit ihm in seinem Quartier schlafe, obwohl er immer wieder sagt, dass er keine Gefährtin will.

Bis sich etwas ändert und sich sein dunkler, grüblerischer Blick in meine Richtung wendet ...

Verlangen des Orks ist Buch Zwei der Monstergefährtenjagd Serie. Freut euch auf schicksalhafte Paarungen, neu gefundene Familien, einen ausgeprägten Größenunterschied und einen Helden, der jeden töten wird, der seine Braut anfasst. Jedes Buch ist eigenständig, aber die Serie sollte am besten in der richtigen Reihenfolge gelesen werden.

Reihenfolge:
Gefährtin des Orks

Verlangen des Orks
Schicksal des Orks
Geliebte des Orks
Gefangene des Orks
Zähmung des Orks

Über den Autor

Ava Ross ist *USA Today*-Bestsellerautorin mit zahlreichen veröffentlichten Werken. Sie verliebte sich in Männer mit ungewöhnlichen Merkmalen, als sie zum ersten Mal *Star Wars* sah, wo außerirdische Kreaturen zum Mainstream geworden sind. Sie lebt mit ihrem Mann (der leider kein Außerirdischer ist, obwohl er auf seine Art trotzdem süß ist), ihren Kindern und ein paar Haustieren in Neuengland.

Serien auf Deutsch von AVA

Galaxie-Spiele

Bestialischer Alien-Boss

Die Schicksalsgefährten der Ferlaern-Krieger

Feiertagsdate mit einem Alien
(Frost, Sleye)
(Science-Fiction Weihnachtsgeschichten)

Monsterville

Monstergefährtenjagd

www.ingramcontent.com/pod-product-compliance
Lightning Source LLC
Chambersburg PA
CBHW031450160726
47994CB00005B/1962